참지 않는 여자들

Title of the original French edition: Les Impatientes
text by Djaïli Amadou Amal

© Éditions Emmanuelle Collas, 2020 (France)
All rights reserved.

Korean Translation copyright © 2023, Ulysses Publishing co.
Published through the intermediary of the literary agency BOOKSAGENT-France (www.
booksagent.fr) and Greenbook Agency-Korea (www.grb-agency.com/)

참지
않는
여자들

Les Impatientes

자일리 아마두 아말 지음

장한라 옮김

욜리시즈

"인내는 바위도 끓인다"

Munyal defan hayre

람라

"마음에 품고 있는 인내심은 고귀함과 비례한다."

—아랍 속담

I

"참아라, 딸들아! 인내해라Munyal! 인내심이야말로 결혼생활과 인생의 유일한 가치다. 인내심이야말로 우리의 종교와 전통 풀라쿠pulaaku(아프리카 사헬 지대에 거주하는 풀라니족의 전통적인 행동규범과 예법을 가리키는 말—옮긴이)의 유일무이한 가치다. 앞으로 살아가면서 인내심을 품어라. 마음속에 새기고, 머릿속에서 되뇌어라! 인내해라, 절대로 잊으면 안 된다!" 아버지가 근엄한 목소리로 말한다.

고개는 푹 수그러지고, 감정이 왈칵 차오른다. 고모들이 힌두와 나를 아버지 집으로 데려왔다. 밖에서는 두 쌍의 결혼식이 불러온 열기가 한창 무르익었다. 차도 벌써 와 있다. 남편의 가족들이 안달을 내며 기다린다. 축제 분위기에 신이 난 아이들이 차 주변에서 소리를 지르며 춤을 춘다. 우리의 근심 같은 건 알지 못하는 친구들과 여동생들이 곁을 지키고 있다. 자기들도 결혼이라는 축제의 여왕이 될 날을 꿈꾸면서 우리 둘을 부러워한다. 류트와 북 연주자를 대동한 그리오도 와 있다. 가족들과 새로운 사위들을 칭송하는 노래를 목청껏 부른다.

아버지는 제일 마음에 들어 하는 소파에 앉아 있다. 정향 향이 감도는 차 한 잔을 차분히 홀짝인다. 하야투 백부와 우마루 백부도 가까운 친구들과 함께 왔다. 이 남자들의 역할은 우리에게 마지막 조언을 들려주고, 앞으로 아내로서 다해야 할 도리를 하나하나 꼽아주고, 작별인사를 하는 거다—축복도 내려주고 말이다!

아버지는 태연하게 말을 반복했다. "인내해라, 딸들아, 참을성이야말로 미덕이지. 오늘 나는 너희에게 아버지 도리를 다했구나. 너희를 기르고, 가르치고, 또 이제는 든든한 남자에게 맡기게 되었으니 말이다! 이제 너희는 다 큰 여자애들이지—여자라고 해야 맞겠지! 이제는 혼인을 했으니 남편을 존경하고 배려해야 한다."

나는 외투가 몸에 제대로 둘러져 있는지 확인한다. 호사스러운 알키바레alkibbare다. 여동생 힌두와 나는 아버지 발치에 놓인 선명한 붉은빛 터키산 카펫 위에 함께 앉아 있다. 카펫은 우리가 입은 어두운색 옷과는 확연히 구분되는 붉은색이다. 우리 둘레로는 중요한 들러리 역할을 맡은 고모들이 있다. 여느 결혼식과 마찬가지로, 네네 고모, 디야 고모, 또 그 주변 사람들은 애써 감정을 숨긴다. 쪼그라든 뺨에 난 깊은 주름 틈으로 눈물이 흐른다. 공연히 부끄러워하는 척하지도 않고, 눈이 붉어진 것도 개의치 않는다. 고모들은 우리를 보며 각자의 결혼생활을 되짚어본다. 고모들도 저마다 아버지 앞으로 불려가 마지막 작별인사를 듣고, 결혼식이 열릴 때마다 대대로 내려오는 조언을 들었다.

"인내해라, 딸들아!" 하야투 백부는 이렇게 말하고는, 잠시 헛기침을 하며 숨을 고르고는 근엄한 목소리로 읊는다.

"매일 다섯 번 기도하는 걸 지켜라."

"후손들이 축복받을 수 있도록 코란을 읽어라."

"신을 경외해라."

"정신을 다른 데 팔지 마라."

"네가 남편의 종이 되면 남편은 네 포로가 될 것이다."

"네가 남편에게 땅이 되면 남편은 네게 하늘이 될 것이다."

"네가 남편에게 들판이 되면 남편은 네게 빗물이 될 것이다."

"네가 남편에게 침대가 되면 남편은 네게 집이 될 것이다."

"불평하지 마라."

"선물을 하찮게 여기지 말고, 돌려보내지 마라."

"화를 내지 마라."

"말을 많이 하지 마라."

"산만하게 굴지 마라."

"애원하지도 말고, 아무것도 요구하지 마라."

"정숙하게 굴어라."

"감사해라."

"참아라."

"신중해라."

"남편이 너를 존경하게 하려거든 남편을 받들어라."

"남편 가족을 네 편으로 만들려거든, 그 가족을 존경하고 따라라."

"남편을 도와라."

"남편의 재산을 지켜라."

"남편의 체면을 지켜라."

"남편의 입맛을 지켜라."

"네가 게으른 바람에, 기분이 나쁜 바람에, 아니면 요리를 못하는 바람에 남편이 굶게 만들지 마라."

"남편의 시각, 청각, 후각을 신경 써서 보살펴라."

"네 음식이나 집에서 남편이 더러운 것을 보지 않게 해라."

"네 입에서 나오는 상스러운 말이나 욕설이 남편 귀에 절대로 들어가지 않게 해라."

"네 몸이나 집에서 나는 악취가 절대로 남편 코에 들어가지 않게 하며, 향수와 향냄새만 맡게 해라."

백부의 말들이 머릿속에 박힌다. 앞서 꾸었던 악몽이 이제는 현실이 되었다는 걸 깨닫자 심장이 산산조각난다.

최후의 순간이 다가올 때까지도 나는 순진하게 기적이 일어나 이 시련을 물리쳐주기를 바랐다. 무력하고도 입 밖으로 내뱉을 수 없는 분노에 목이 멘다. 죄다 부수고, 소리치고, 울부짖고 싶다. 동생 힌두는 더는 눈물을 참지 못하고 흐느낀다. 숨도 제대로 못 쉴 지경이다. 동생의 손을 찾아 위로를 주고자 꽉 움켜쥔다. 비탄에 빠진 동생을 보고 있자니, 나도 고통스러운데도 힘을 내본다. 이제 서로 떨어지게 되었으니, 힌두가 더 소중해진다.

"네 집안에서 불만스러운 것이 무엇인지 부모는 절대 모르게 하며, 부부 사이의 갈등은 비밀에 부치고, 두 집안 사이에 미움을 키우지 마라. 서로 화해한다 하더라도, 네가 뿌린 증오의 씨앗은 계속 남아 있을 것이기 때문이니." 하야투 백부가 덧붙인다.

잠시 침묵이 이어지고, 아버지는 좀 전과 같이 근엄하고 권위적인 목소리로 말한다.

"이제부터 너희는 각자의 남편의 것이다. 남편에게 완전히 순종해야 한다. 알라께서 정하신 대로 말이다. 남편의 허락 없이 집을 떠나서는 안 되고, 내 침소로 달려와서도 안 된다! 그렇게 해야만, 이 유일무이한 조건을 지켜야만, 너희는 완벽한 아내가 될 것이다!"

이제껏 침묵을 지키던 우마루 백부가 말을 보탠다.

"만날 때마다 남편을 기쁘게 하려거든, 여자는 가장 값진 향수를 뿌리고, 가장 아름다운 장신구를 두르고, 보석으로 치장해야 한다는 것을 항상 기억해라—그리고 훨씬 더 해야 한다! 여자의 낙원은 남편의 발치에 있다."

우리가 이 말을 곱씹을 만한 여유를 주려는 것처럼 우마루 백부는 말을 잠시 멈추고는, 자기 동생인 하야투 백부를 바라보며 말을 맺는다.

"하야투, 기도문을 외라. 알라께서 이 딸들에게 행복을 주고, 딸들의 새로운 가정에 수많은 자손을 베풀어주시고, 축복하시기를. 마지막으로, 알라께서 모든 아버지에게 딸자식을 결혼시키는 행복을 내려주시기를!"

"아민Amine!"

아버지는 이렇게 대답하고는, 고모들에게 이른다.

"이제 가거라. 차가 기다리고 있다."

네네 고모가 팔꿈치로 나를 찌른다. 나는 잠긴 목소리로 아버지와 백부들에게 감사 인사를 한다. 힌두가 울음을 터뜨리며 아버지 발치로 와락 다가가 애원한다. 모두 놀라고, 아버지도 질겁한다.

"부탁이에요, 아빠, 제 얘길 들어줘요. 그 남자랑 결혼하고 싶지 않아요! 부탁이에요, 여기 남게 해주세요."

"아니, 무슨 소릴 하는 거냐, 힌두?"

힌두가 한층 더 흐느끼며 말한다.

"난 무바라이 싫어요! 그 사람이랑 결혼하기 싫어요."

아버지는 자기 발치에 머리를 숙이고 있는 어린 딸을 힐끗 내려다볼 뿐이다. 그리고 나를 바라보며 차분하게 명령한다.

"가거라! 알라께서 행복을 내려주시기를."

이걸로 끝이다. 아버지에게서 받은 작별인사는 이게 전부다. 아마 일 년은 지나야 다시 볼 아버지인데 말이다―모든 게 평범하게 흘러갔을 때의 일이지만.

아버지와 나 사이에는 항상 거리감이 있었는데도, 바로 그 순간에는 아버지가 내게 말해주기를, 나를 그리워할 거라고 말해주기를 바랐다. 아버지가 내게 사랑을 확인시켜주기를, 나는 언제나 아버지의 어린 딸내미로 남아 있을 것이며, 이 집은 언제나 나의 집이고, 이 집에선 변함없이 환영받을 것이라고 속삭여주길 바랐다. 그렇지만 현실에서 일어날 리 없다는 걸 잘 안다. 지금 여기는 청소년 시절 내 꿈을 풍성하게 만들어줬던 해외 드라마 속도 아니고, 즐거움을 가져다줬던 로맨스 소설 속도 아니다. 우리 둘은 아버지와 백부들이 결혼시키는 첫 번째 딸도, 마지막 딸도 아니다. 오히려 아버지와 백부들은 자신들의 의무를 빈틈없이 완수해서 만족스러워하고 있다. 처녀인 우리를 다른 남자에게 떠맡기면서 자신의 책임을 내려놓기를 우리가 어렸을 때부터 기다려왔을 따름이니까.

고모들은 완전히 가려진 출구 쪽으로 우리 둘을 데려간다. 널따란 안마당에서 기다리다 우리를 맞이하는 여자들이 너무나 많아, 나는 힌두의 손을 놓치고 만다. 힌두에게 단 한 마디도 전할 수가 없다. 어느새 벌써 여자들의 환호 소리를 들으며 나를 기다리는 자동차로 이끌려간다. 마지막으로 쳐다보니 힌두가 보인다. 절망에 빠져 눈물을 흘리고 있다. 사람들이 힌두를 두 번째 자동차에다 거칠게 밀어 넣는다.

II

차를 타고 가는 동안, 관습에 정해둔 대로 기쁨에 겨운 함성이 나를 따라다닌다. 나는 호화로운 검은색 벤츠에 앉아 선두로 앞서나가고, 그 뒤로는 열 대 남짓한 다른 차들이 경적을 요란스레 울리며 뒤따른다. 차량 행렬은 마을을 한 바퀴 돌고 나서 갖가지 불빛이 반짝거리는 근사한 소유지로 들어간다. 북소리, 그리오들의 노래와 여자들이며 신이 난 아이들의 높은 소리가 뒤섞여 어마어마한 소음이 된다.

한 시간 뒤, 내 남편의 또 다른 아내가 나를 맞이하러 찾아온다. 베일 아래로 그녀의 얼굴을 바라본다. 상상했던 것과는 달리 나이가 많지 않다. 성숙한 30대 여자고, 무척 아름답다.

첫째 아내와 가까워지고 싶지만 그녀의 눈빛을 보고 단념한다. 내가 어떤 사람인지 알아가기도 전에 벌써 나를 싫어하는 것 같다. 첫째 아내 주위로도 점잖은 미소를 짓고 있는 그 가족들이 보인다.

두 무리는 서로를 쏘아보고, 꼼꼼히 뜯어보면서 조용히 싸움을 벌인다. 짐짓 상냥한 척하는 위선을 꿰뚫어보면서 말이다.

첫째 아내는 마치 신부처럼 치장을 하고 왔다. 윤기가 흐르는 천을 걸치고, 아름답게 땋은 머리에, 손과 발은 헤나로 장식했다. 그렇지만 차분한 기색을 유지하려고 사력을 다해 애쓰는 것이 느껴진다. 입술은 가볍게 웃고 있지만 눈에 담긴 슬픔을 가려주지는 못한다. 그녀가 내 결혼 소식을 듣고 낙담해 며칠을 내리 울며 보냈다는 얘기를 들었다. 가족들이 힘을 북돋워줘서 다시 기운을 차렸거나, 아니면 둘째 아내를 맞이하겠다는 남편의 마음을 어떤 것으로도 어느 누구도 돌릴 수 없다는 사실을 그저 받아들이게 되었을 것이다. 온 마을 사람들이 웃음거리로 삼는 이 결혼을 말이다.

첫째 아내의 눈이 나를 샅샅이 살피고 꿰뚫어본다. 서로 시선이 마주친다. 그녀의 눈에 드러나는 증오심에 나는 눈을 내리깐다.

이윽고 다른 여자들의 존경을 받는 첫째 시누이가 첫째 아내에게 이렇게 말한다.

"아끼는 사피라, 이 사람이 새로운 아내고, 자네에게는 아마리야* 야. 이름은 람라고. 자네에게는 여동생이고, 막내고, 딸이 되는 거야. 람라의 가족들이 자네에게 람라를 맡긴 거지. 이제부터는 자네가 람라를 도와줘야 돼. 조언도 해주고, 집안이 어떻게 움직이는지도 보여주면서 말이야. 자네가 바로 첫째 아내, 즉 다다-사레**니까. 자네도 알다시피 다다-사레는 집안을 이끌면서, 가족이 조화롭게 지내도록 신경을 써야 하니까."

"또, 다다-사레는 집안에서 가장 미움 받는 사람일 거야. 다른 아내가 열 명이 생긴다 해도, 자네는 다다-사레의 자리를 지키게 될 거야. 그러니 딱 한 마디로 하자면 인내해야 해, 참아야 해! 이 한 마디에 자네가 져야 할 책임이 다 들어 있으니까. 자네는 집안의 기둥이야. 노력하고, 견디고, 화해시키는 것도 자네 몫이야. 그러려면 자네는 평정심을, 인내심을 품어야 해. 사피라 자네는 다다-사레요, 지데레-사레***, 어머니이자 가족의 우두머리, 집안에서 가장 미움 받는 사람이야! 참고, 또 참아……."

그러고 나서 첫째 시누이가 내게 말한다.

"람라, 이제부터 자네는 사피라의 동생이요, 딸이며, 사피라가 자네 어머니야. 복종하고 존경해야 해. 사피라에게 의지하고, 조언을 구하고, 명령을 내리면 따르게 될 거다. 자네가 막내야. 다다-사레의 판단이 없는 한, 집안을 관리하는 일에 자네는 상대적으로 주도권을 쥐지 못하게 될 거야. 집안의 주인은 첫째 아내야. 자네는 첫째

---

*　　아마리야amariya: 일부다처제에서 한 남편을 공유하는 다른 아내
**　　다다-사레daada-saré: 첫 번째 아내로서 집안 관리의 주도권을 갖는다.
***　　지데레-사레jiddere-saaré: 어머니이자 가족의 우두머리

아내의 동생일 뿐이야. 자네는 보잘것없는 역할을 맡는 거야. 무조건 복종하고, 화를 내더라도 참고, 존경해야 해! 참고 또 참아……."

우리는 잠자코 듣는다. 수긍한다는 뜻으로 고개를 끄덕이는 게 고작이다. 그리고 나서 사피라는 자기 가족들과 함께 물러간다. 우리 가족 역시 뜸들이지 않고 자리를 뜬다. 관습에 따라서 결혼 초기에 내 곁에 머무를 수 있도록 선택된 여자들만 남아 있다. 여자들은 첫째 아내의 거처 바로 앞에 마련된 새로운 거처로 나를 데려간다. 나를 신방으로 데려가는 영광은 네네 고모에게 돌아간다.

III

나는 카메룬 북부 마루아의 여느 유복한 가정과 다를 바 없는 서아
프리카 집안에서 자랐다. 아버지인 알하드지 부바카리는 태어난 고
향 마을을 떠나 도시에 정착해 다양한 일을 하는 정착 세대였다. 지
금 아버지는 사업가고, 그 형제들도 마찬가지다. 그렇지만 아직 여
전히 전통과 이동식 목축을 이어가는 목동들에게 소를 맡겨두고 고
향 마을인 단키에서 키우고 있다. 소를 키우는 것이 서아프리카의
전통이니까. 우리 가족은 규칙을 어기지 않는다.

아버지는 잘생겼고 거의 60세가 되어간다. 어떤 상황에서도 품
위를 지키고, 늘 흠잡을 데 없는 옷차림인 아버지는 풀을 먹여 빳빳
한 간두라gandoura(면이나 양모 등으로 만든 가벼운 튜닉—옮긴이)와 거
기에 어울리는 모자를 쓰고 다닌다.

전통이 부모 자식 관계를 옥죄고 있어, 감정과 기분을 드러내는
일은 불가능할 정도다. 바로 이 때문에 아버지는 자식들과 딱히 사
이가 가깝지는 않다. 내가 부성애를 확인할 수 있는 유일한 증거는

아버지가 계신다는 사실뿐이다. 아버지가 나를 직접 품에 안아본 적이 있는지는 모르겠다. 아버지는 항상 딸들과는 넘어설 수 없는 거리를 유지해왔다. 이를 딱히 한탄스럽게 여긴 적은 결코 없었다. 늘 그런 식이었으니, 다른 도리가 없다. 아들들만 아버지를 더 자주 만나고, 아버지 집에 찾아가고, 아버지와 식사를 하고, 거기다 더러 는 아버지를 따라 시장이나 모스크에 가고는 했다. 반면 아들들은 여자들의 구역인 집 안쪽에서는 오래 머물 수 없었다. 무슬림 사회 는 각자에게 알맞은 자리를 정해둔다.

우리 가족은 식구가 많다. 그런 가족을 아버지가 꽉 쥐고 있다. 아 버지의 아내 네 명은 서른 명쯤 되는 자식들을 낳았고, 그 가운데 나 이 많은 자식들은 결혼을 했다. 대부분 딸이었다. 아버지는 갈등을 두고 보는 법이 없어서, 일부다처제 가정에 소란을 일으킬 게 불 보 듯 빤한 자잘한 사건사고가 아버지 귀에 들어가지 않도록 아내들은 저마다 주의를 기울인다. 그렇게 해서 우리 대가족은 겉으로 보기 에는 조화롭고 평온한 분위기를 지켜가는 것이다.

우리는 북부 카메룬 지역에서 소유지라고 부르는 곳에 산다. 안 쪽을 들여다볼 수 없도록 아주 높은 벽이 둘러쳐진 소유지 안에 아 버지의 구역이 자리 잡고 있다. 손님은 이곳까지 들어오지 않는다. 손님들은 서아프리카의 손님맞이 전통에 따라 자울레루zawleru(현 관 부근에 마련해두고 방문객을 맞는 공간—옮긴이)라 부르는 공간에 머문다. 그 뒤편으로 거대한 공간이 있고, 건물 여러 채가 서 있다. 가장 먼저 집안의 가장인 아버지의 위풍당당한 별장이 보이고, 그다음으로는 초대받은 사람들을 맞이하는 일종의 회랑인 항가르 hangar가 있고, 마지막으로는 남자들이 들어올 수 없는 아내들의 거처가 있다. 아내가 남편과 이야기를 나누려면 다른 아내들의 차례가 지나갈 때까지 기다려야 한다.

백부 다섯 명도 같은 동네에 산다. 그러니 소유지를 전부 다 합치면 하나가 아니라 여섯 개다. 거기에다 서른 명 남짓한 아버지의 자식과 다른 가족의 자식까지 더하면, 자식이 여든 명은 훌쩍 넘는다. 딸인 우리는 각자의 어머니와 같이 사는 반면, 남자 형제들은 사춘기 전부터 어머니의 거처 바깥에 각자의 거처를 받아서 산다. 그리고 두말 할 것 없이 딸들과 아들들은 어쩌다 스치는 것이 고작이며, 대화도 겨우 나눌까 말까 한 정도다.

깨끗한 밝은 갈색 피부에 담갈색 눈, 기껏해야 흰머리 몇 가닥 숨어 있는 게 전부인 칠흑의 윤기 나는 머리카락을 주기적으로 아름답게 새로 땋으며 어깨까지 늘어뜨린 우리 어머니는 아이를 열 명쯤 낳았는데도 변함없이 무척이나 아름답다. 이제 막 50대에 접어든 어머니는 선명한 색상의 옷을 우아하게 걸치고 너그러운 태도를 풍기며, 한 걸음 한 걸음 움직일 때마다 마음을 움직이는 육감적인 면모를 보여준다. 어머니는 첫째 아내이고, 아버지에게 완전히 복종한다. 아버지가 새로운 아내를 맞이할 거라는 소식이 들려오면, 어머니는 모든 이들에게 위선적으로 행복을 빌어주면서 사실 속으로는 새로 오는 아내가 오래 버티지 못하기를 바란다. 아내 하나가 쫓겨 나가면, 어머니는 동정심을 내세우며 그 불행한 아내가 낳았던 자식들을 빈틈없이 돌본다. 어머니는 우리 가족의 여자들 사이에서 크나큰 권위를 누린다. 아버지에게 어머니는 복덩이다. 두 사람이 결혼하면서부터 아버지의 사업은 번창했다. 사람들은 흔히들 아내가 얼마큼 행운을 품고 있는지에 따라 남편의 번영이 결정된다고 생각한다. 그렇지만 어머니가 존경을 받는다 한들, 아버지의 전투적인 성미를 피할 수 있는 것도 아니고 가장 극진한 대접을 받는 것도 아니다. 어머니가 제자리를 지킬 수 있었던 건 그저 참고 버텼기 때문이다. 어머니는 다행히도 모든 걸 받아들이고, 모든 걸 견디고, 특히나 모든 걸 잊거나…… 겉으로 가장하는 능력이 있으니까!

그렇지만 혼자 있을 때면 어머니는 쓰디쓴 경험을 곱씹는다. 그리고 요즘에는 여느 때보다도 더더욱 서글퍼하며 자신이 실패했다는 끔찍한 기분에 빠져 있다. 소유지 안의 생활에 활기를 불어넣는 다툼이며 비겁한 계략들을 견뎌내는 것을 점점 버거워한다. 어머니는 다른 아내들 세 명을 차례차례 헐뜯으며, 그녀들의 자식들이 참을 수 없이 무례하고, 어머니의 수명을 갉아먹는다고 한다. 어머니는 자기 아들들에게 일이 없다며 한탄하고, 딸들이 결혼을 잘못했다며 후회하고, 마음 깊은 곳에서는 남편을 원망한다. 부당하다고 생각하면서도 이혼당하고 싶은 마음은 전혀 없다. 결혼생활만큼은 반드시 지켜야 한다!

IV

나는 다르다. 늘 그랬다. 어머니 눈에는 내가 꼭 외계인 같았을 거다. 매년 라마단이 끝나고 축제가 열릴 때 아버지의 심복 같은 직원이 가져오던 색색의 아름다운 옷을 보고 다른 자매들이 정신이 팔려 있을 때면, 나는 멀찍이 뒤에 서서 대개는 아무도 탐내지 않는 옷을 집어 들고는 따분하다는 기색을 띠며 다시 책 속으로 빠져들었다. 다른 자매들이 공부를 최대한 멀리 내팽개치고, 아버지의 뜻을 거역하려고 하지도 않고, 결혼이 선사하는 물질적인 것들이라든가 선물, 신혼집 인테리어 디자인에 크나큰 관심을 보이며 아버지나 백부들이 골라준 남자와의 결혼을 받아들이는 동안, 나는 고집스럽게 중학교에 다녔다.

나는 우리 가족 여자들에게 약사가 되고 싶다는 바람을 얘기했는데, 이 얘기를 듣고는 다들 크게 웃음을 터뜨렸다. 모두 나를 미친 사람 취급하며, 결혼하고 집안에서 아내 노릇을 하는 것이 미덕이라고 칭송했다.

여자도 직업을 갖고, 자동차를 직접 몰고, 자기 재산을 관리하면서 즐거움을 찾는 거라며 내가 환한 얼굴로 들떠서 얘기하면, 우리 집안 여자들은 대화를 거칠게 끊으면서 다시 땅에 발을 딛고 현실을 제대로 살라고 강경하게 말했다.

집안 여자들에게 가장 큰 행복이란, 부족한 것이 없도록 해주고 옷과 장신구를 사주고 장식품과…… 하인이 가득한 집을 마련해줄 부자 남자와 결혼하는 것이었다. 좋은 소유지를 사방으로 둘러친 벽 안에서 한가롭게 지내는 생활 말이다. 성공적인 결혼이란, 축제 같은 행사가 벌어질 때면 보란 듯이 두르고 가는 금 장신구가 몇 개나 있는지로 판별하는 것이니까. 또 행복한 여자란 메카와 두바이로 여행을 가고, 자식이 많으며, 집 안을 아름답게 꾸며놓은 데서 판가름 나는 것이다. 최고의 남편감이란 아내를 사랑하는 사람이 아니라 아내를 보호하고 집안이 좋은 사람이다. 다른 가능성은 생각할 수조차 없다.

여자에게는 결혼만이 전부라고 확신하는 우리 어머니에게는 안타깝게도, 그리고 딸들이 어떻게 지내는지는 전혀 모르는 아버지의 완전한 무관심 가운데, 나는 재능이 아주 많다는 걸 깨닫게 되었다.

아버지가 고용한 일꾼 중 한 사람이 우리가 공부하는 걸 살펴봤다. 적어도 제법 신경을 쓰고 필요한 건 요구하는 어머니를 둔 자식들은 말이다. 살펴봤다는 말이 과하긴 하다. 그 일꾼은 그저 어린아이들을 학교에 입학시키고 필요한 준비물을 사주는 게 고작이었다. 한 학년 더 올라가는지, 아니면 같은 학년에 유급하는지는 전혀 상관이 없었다. 가족 전체가 마찬가지였다. 아버지가 들인 마지막 아내만이 이런 데에 관심을 가졌다. 중학교 교육까지 마칠 수 있었던 사람은 그 아내가 유일했으니까.

내 형제자매들은 성적이 나빠서건, 유급을 해서건, 선생님과 잘 맞지 않아서건 간에, 학교에 가는 걸 죄다 손쉽게 그만두었다. 부모님은 이걸 두고 아무 말도 하지 않았다. 심지어 온 마을 아이들이 비슷한 길을 걸었다. 남자아이들은 우리 아버지나 백부들이 운영하는 가게에서 점원으로 일했고 현장에서 부딪히며 상업을 익혔다. 여자애들 같은 경우는 집에 머물면서 몸을 단장하고 코란을 읽고 아버지가 신랑감을 내놓을 때까지 참을성 있게 기다렸다. 제일 운 좋은 여자아이들, 그러니까 제일 예뻐서 구혼자도 많은 여자애들은 구혼자들이 아빠의 기준에 맞기만 하면 남편감을 고를 수 있었다—틀림없는 사실이다.

나는 이제 열일곱 살이고, 의무교육 중 이과 과정 마지막 학년을 밟고 있다. 지금으로서는 자매 가운데 내가 제일 공부를 많이 했다. 대학교에 다니고 있는 아마두 오빠 한 사람만 성실히 공부하면서 아버지가 하는 상업에 발을 들이지 않겠다고 완강하게 버티고 있다. 상심한 아버지는 아마두 오빠를 전문 지식인으로—아니면 공무원으로라도—만들겠다고, 그리고 가족 중에 그런 일을 하는 사람이 있으면 좋겠다고 생각하고 있다.

마을에 있는 모든 중학교와 고등학교에서는 교복을 입는다. 그렇지만 모든 무슬림이 그러하듯, 학교 가는 길에 같은 집안의 남자를 마주칠지도 모르니 교복 위에 아프리카 옷을 걸친다. 그리고 머리에는 스카프를 두르고 있다가 학교에 들어서면 가방에 집어넣는다. 초등학교 마지막 학년이 되었을 때부터 친구들이나 반 아이들이 하나하나 결혼하는 모습을 지켜봤다. 초등학교 1학년 때는 한 반에 50명 정도였다. 이제는 고작 10명밖에 안 남았다. 그렇지만 다른 사람들과 마찬가지로 나도 그저 시간문제다. 열세 살이 되었을 때부터 구혼자들이 환심을 사려고 들었다. 나는 우리나라 사람들이 아름답다고 평하는 면모를 지녔다. 안색은 창백하다 할 정도로 깨끗하고 머리카락은 길고 부드러우며 이목구비도 세련됐다. 구혼자가 다가올 때면 나는 한결같이 기다리라고 요구한다. 대답은 늘 같다. 주문처럼 욀 정도다.

"네, 저도 당신과 결혼하고 싶지만, 지금 당장은 할 수 없어요! 아직 중학교에 다니고 있다는 걸 이해해주세요. 아마 2~3년 뒤라면 또 모르죠……."

전통대로라면 여자아이는 구혼자를 거절해선 안 된다. 설령 그

구혼자한테 관심이 없다 하더라도 남자의 기분을 상하게 해서는 안 된다.

내 말에 구혼자들은 항상 이렇게 대꾸한다.

"2년이라니! 그러면 나이가 들 텐데요, 예쁜이. 대학에 들어간들 무슨 소용이 있겠어요? 여자아이는 자고로 무엇보다 결혼을 해야 하는데. 2년을 기다리기엔 너무 다급해요. 당신은 결혼을 진지하게 생각하지도 않고. 그럼 당신 아버지를 만나서 결혼을 허락받아도 될까요?"

"잠시 생각해볼 시간을 주세요."

"아! 절 좋아하지 않으니까 그렇게 얘기하는 거죠!"

난 이렇게 소리치고 싶었다.

'아니, 대체 어떻게 당신을 좋아하기를 바랄 수가 있는 거죠? 전 당신을 알지도 못하는데. 거기다 굳이 알아가고 싶지도 않다고요.'

그렇지만 풀라쿠에는 이골이 났으며 또 교육을 잘 받은 여자아이 답게, 나는 눈을 수줍게 내리깔고 이렇게 답할 뿐이다.

"물론 좋아하죠! 당연히 좋아하지만, 그래도 조금 더 기다리고 싶어요."

그리고 이 모든 일은 항상 어머니를 격분하게 만든다.

"넌 미친 게 아니면 뭐니, 람라야? 제정신이 아니구나! 학교에서 그런 걸 가르치는 거라면, 그래, 더 이상 학교 가지 마라. 거기에 그

거 말고 뭐 더 배울 거라도 있니? 도대체 왜 구혼자를 거절하는 거야? 창피해라! 어쩜 이런 저주가 다 있담! 너한테 저주가 씌었나보다, 틀림없어! 불행하기도 해라! 너보다 먼저 결혼할 네 동생 힌두 좀 보렴. 이리 부끄러운 일이 다 있니, 세상에! 너는 불쌍한 이 어머니가 딱하지도 않은가 보구나. 네 의붓어머니인 힌두네 어머니가 날 더 우습게 여기게 만들려고 말이지. 그렇게 젊고 돈 많은 남자를! 넌 스스로를 너무 과대평가해! 대체 뭘 원하는 거니? 젊은 남자도, 더 젊은 남자도 거절하고, 부자나 공무원도 거절하고—심지어는 일부일처제를 하겠다는 남자까지도 거절했어! 네 일 좀 신경 쓰라고 아버지한테 얘기해야겠다. 계속 이런 식이면, 더 이상 배우자를 고를 여유도 즐길 수 없을 거다. 아버지나 백부들이 마음대로 처리할 테니까……."

오래 이어질 눈치다. 어머니는 신세한탄을 멈추지 않으며, 나를 설득하려고 물고 늘어진다. 어머니는 오빠들이며 결혼한 자매들에게 내 얘기를 한다. 고모들에게도 불평을 한다. 그래서 그 숱한 사람들이 나를 설득하려고 몇날 며칠을 따라다닌다. 새로이 찾아오는 구혼자마다 온갖 미덕을 겸비하고 있다면서. 내게 제일 좋은 선택이 될 거라고들 한다.

그런데 어느 날, 다들 놀랄 만한 일이 벌어졌다. 내가 구혼자를 거절하지 않은 것이다. 아미누라는 사람이었다. 아마두 오빠의 가장 친한 친구였다. 집에도 자주 찾아오던 사람이었다. 서로 호감을 품고 있기도 했다. 나와 같이 이야기를 나누고 난 뒤에도, 우리 집안 여자 형제들의 감시인을 자처하는 오빠들에게 앙갚음을 당하지 않은 유일한 남자였다. 아미누는 튀니지에서 정보통신을 공부하고 있었고 엔지니어가 되고 싶어 했다.

아미누의 아버지가 찾아와 결혼을 청했고 우리 아버지는 거절할 이유가 전혀 없었다. 어머니는 하늘을 날아다닐 지경이었고, 나는 조금도 거부하지 않았다. 드디어! 또 나한테는 달콤한 꿈같았다. 얼마 안 있으면 아미누와 나는 결혼할 거다. 그리고 얼마 안 있어 그와 나는 튀니지 대학에서 공부하며, 아미누는 엔지니어가 되고 나는 약사가 될 거다. 우리는 행복하게 살 것이었다. 모든 것에서 멀리 떨어져서. 여기서 멀리 떨어져서!

V

꿈은 오래 가지 않았다. 하야투 백부 사업에서 가장 중요한 사람이 내게 결혼을 청해왔으며, 백부 자신은 그 결혼을 승낙했다고 아버지에게 알렸다. 아버지는 그 말을 듣고 솔깃해한 데다 격하게 고마워하기까지 했다. 형제들 가운데 가장 부유한 하야투 백부는 가족들이 잘 지내도록 늘 신경을 썼고, 그래서 존경을 받았다. 그런 형제가 자기 아이를 두고 내린 결정을 거스른다는 건 절대 상상도 못할 일이었다. 나는 아버지의 딸이기만 한 게 아니었다. 나는 온 가족의 딸이었다. 백부들은 저마다 나를 마치 자기 자식처럼 취급할 수 있었다. 그 뜻을 거역한다는 건 어림도 없었다. 난 백부들의 딸이었다. 나는 손윗사람들을 깍듯이 존경해야 한다는 전통에 따라 길러졌다. 내가 어떻게 해야 하는지는 우리 부모님이 더 잘 알고 있었다.

이 소식을 알리는 역할을 떠맡은 건 어머니였다.

저녁 내내 어머니는 근심스러워하는 기색이었다. 어머니는 밤이 깊어 집안이 어둠에 잠길 때까지 기다렸다가 나를 부드럽게 깨웠다. 우리가 나누는 얘기가 경솔한 사람들 귀에 들어가지 않게 하려는 뜻이었다. 악착스러운 경쟁자인 다른 아내들은 자신들의 약해진 입지를 회복할 기회만 노렸다. 어머니나 그 자식들에게 근심거리가 생긴 게 아닌지 의심할 만한 여지를 주어서는 안 되었다. 질투심을 일깨울 만한 구실을 주어서도 안 되었다. 그랬다가는 새로 생겨난 행복을 엉망진창으로 만들려고 가장 가까운 원로에게 내달려갈 수도 있었으니까.

어머니의 심각한 표정을 보니 최악의 사태가 벌어졌다는 생각이 들었다. 나는 곧장 몸을 일으켰다.

"어머니, 무슨 일이에요?"

"별일 아니다, 오히려 잘된 일이야. 행복한 일뿐인걸! 알함둘릴라 Alhamdulillah(신께 찬송을 드린다는 의미의 아랍어—옮긴이)! 네 행운이 꽃핀 거야. 드디어 나도 당당하게 고개를 들 수 있구나. 네 덕분이란다. 드디어 체면을 지킬 수 있게 되었어. 그렇지만 그렇게 놀랍진 않단다. 너는 특별한 삶을 살 자격이 있다고 생각했거든."

"대체 뭔데요?"

"하야투 백부가 너를 다른 사람에게 시집보내기로 하셨다. 이제 아미누랑 결혼하는 게 아니야. 아버지가 네게 알려주라고 하셨다."

"그럼 누군데요?"

"알하드지 이사야! 마을에서 제일 힘센 사람 말야. 넌 이제 전혀 다른 삶을 살게 될 거야. 딱 하나 걱정스러운 게 있다면, 그에게 이미 아내가 하나 있다는 건데. 너는 일부다처제를 안 했으면 했단다. 나만 해도 매일 고생하고 있으니까. 그렇지만 집안에 들어갈 때 다른 여자가 없다 하더라도, 결국에는 반드시 다른 여자가 네 발목을 붙잡게 되어 있어. 언제가 되었건 말이다. 다른 여자가 오는 걸 기다리는 것보다 다른 여자가 있는 곳에 들어가는 게 더 나아! 이 암컷 늑대 소굴에 있는 여자들을 시샘과 질투로 하얗게 질리게 만들 소식이지. 원로들의 주술에서 널 지켜낼 방법을 미리 생각해야겠다."

"그렇지만 엄마, 전 그 사람을 알지도 못하는데요!"

"그 사람은 너를 알고 있어. 분명 너랑 결혼하려고 엄청 부탁했을 거야. 아버지가 무척 자랑스러워하는데, 알고 있니?"

"하지만 저는 아미누가 좋아요! 제가 결혼하고 싶은 건 아미누라고요."

"결혼하기 전에는 사랑이 안 생기는 거란다, 람라야. 이제 현실을 직시할 때야. 여긴 백인들이 사는 나라가 아니란다. 힌두교도들이 사는 곳도 아니고. 네가 텔레비전에서 온갖 채널을 보는 걸 아버지가 왜 싫어하는지 알고 있잖니! 아버지랑 백부들이 얘기하는 대로 해야 된다. 거기다, 너한테 선택권이나 있겠니? 쓸데없는 고민은 관둬라. 이 엄마 체면도 좀 생각하렴. 헛된 희망 같은 거 품지 마. 네가 또 조금이라도 반항했다가는 분명 내 위신은 땅에 떨어질 거다."

어머니는 이따금씩 눈가를 훔치며 같은 어조로 오랫동안 말을 이어갔고, 나는 두꺼운 옷자락으로 흐느낌을 억누르며 정신을 놓고 눈물을 흘렸다.

"이 상황에서는 아무 소용없다. 다시 얘기하지만, 너는 운이 좋은 거야. 나도 마찬가지고. 내가 여자로서 쌓아온 경험을 믿어. 너는 너무 어려서, 이렇게 결혼해 다른 집안과 결속을 다지는 일이 얼마나 중요한지 이해하지 못하겠지. 결혼은 사랑만 좇아서 하는 게 아냐. 여자에게 가장 중요한 건 모자란 것 없이 사는 거야. 보호받고, 듣기 좋은 소리만 들으면서."

"남편이 될 수도 있는 사람을 따져볼 때는 무엇보다 사람 자체를 넘어서서 나중에 네가 낳을 아이들에게 어떤 아버지가 될 것인가를 봐야 한다. 기품, 집안, 처신, 사회적 지위를 봐야 해. 그러니 눈물 닦고 다시 누워라."

"알라께 기도해라. 알라께서는 네게 가장 좋은 길을 열어주셨어. 그리고 집안의 다른 여자들이 있을 때는 실망한 기색을 조금도 비치지 않도록 특히 주의해라. 알하드지와 결혼하는 것이 네 운명이라면, 거기서 벗어날 수 없을 거야. 만약 네 운명이 다르다면, 그 역시 너는 아무것도 바꿀 수가 없다. 모든 건 조물주의 손에 달렸어. 신께서 네게 가장 좋은 것을 안겨줄 수 있도록 기도하자꾸나."

이렇게 통보를 받고 며칠 뒤, 하야투 백부는 그 남자와 만나라며 나를 불렀다. 알하드지는 학교 청소년 축제 때 행진에 참여한 나를 보고 두 번째 아내로 삼겠다고 마음을 먹었던 모양이었다. 알하드지는 하야투 백부 집 거실에 허물없이 자리 잡고 있었다. 요란스러운 자수가 놓인 값비싼 간두라 차림이었고, 풍채가 좋았다. 알하드지는 연신 웃으면서 나를 거리낌 없이 뚫어져라 쳐다봤다. 나는 알하드지에게서 멀찍이 떨어져 카펫 끄트머리에 앉았고, 고개는 계속 수그리고 있었다. 단 한 번도 눈을 들어 그를 쳐다보지 않았다. 가정교육을 받은 대로 나를 다잡아야 한다고 생각하면서도 속으로는 저항하고 싶은 마음이 차올랐다. 나는 이 남자를 선택하지 않았다. 이 남자를 받아들일 권리도, 거절할 권리도 내겐 없었다. 그러니 이 남자가 내 마음에 드는지 안 드는지는 상관이 없었다. 그리고 이렇게 만나는 자리는 그저 저 남자를 만족시켜주기 위한 것뿐이다. 저 남자가 나를 느긋하게 살펴보고, 예전에 잠깐 받았던 첫인상을 확인하도록 말이다.

나는 침묵을 지키며 남자의 질문에 대답하지 않았다. 이 남자의 뜻을 꺾을 수 있도록 뭐라도 더 조치를 취해야 했다. 알하드지는 이미 서슴없이 결혼 얘기를 했다!

알하드지는 이렇게 당부했다.

"네게 구애하는 젊은이들은 그저 양아치일 뿐이야. 술 먹고, 담배

피우고, 마약을 하는 애들이란 말이지. 적어도 나와 결혼하면 귀부인이 되어 원하는 건 뭐든 가지게 될 거다. 자! 올해는 너를 메카에 데려가주마. 그리고 너는 교육도 받았으니 다음에 내가 유럽으로 여행을 갈 때 함께 갈 거다. 결혼은 빨리 할 거다. 나는 더 일찍 했으면 하지만, 네가 올해 학교를 마저 끝내고 싶다는 거 이해한다. 이제 마지막 학년이니 아주 잘됐지! 너는 학식이 있으니 공식 행사가 열릴 때 소개할 수 있을 거다. 네 덕에 나도 체면을 차릴 테고, 정말 잘 되었어!"

그는 오랫동안 독백을 이어갔다. 내 생각은 묻지 않았다. 내가 자기랑 결혼하고 싶지 않을 수도 있다는 건 그 남자에겐 상상도 못 할 일이었다.

그래, 생각도 할 수 없는 일이었을 거다.

이렇게 입김이 센 남자를 감히 거역할 만한 여자아이가 있을까? 이미 얘기는 다 되었다. 알하드지는 백부와 이미 이야기를 끝냈다. 남은 건 순전히 형식적인 절차뿐이었다.

VI

일이 흘러가는 것을 보며 난처해하던 아버지는—아버지는 전해 들은 얘기를 알리지 않고는 못 견뎠다—아미누 가족에게 알렸다.

"운명이 다르게 정해졌네."

아버지는 이렇게 딱 잘라 말했다.

그리고 아미누에게는 다른 딸들 중에서 골라보라며 호방하게 제안했다. 자이투나! 나보다 딱 몇 달 어린 의붓자매였다. 아니면 자밀라! 그래, 같은 어머니한테서 나온 여동생이었다. 자밀라는 나보다 한 살 어렸는데, 우리 둘은 꼭 물방울 두 개를 놓아둔 것처럼 서로 빼닮았다. 자밀라랑 결혼 못 할 이유가 있을까? 아니면 백부들의 딸 중에 아무나 고르라고 했다. 아직 결혼해야 할 딸들이 열 명은 족히 되었으니…….

충격을 받고 화가 머리끝까지 난 아미누는 신붓감을 바꾸라는 제안을 단호하게 거절했다. 아미누는 자기만큼이나 실망에 빠진 친구

아마두 오빠와 함께 우리 아버지를 만나서 결정을 돌이키도록 설득하겠다고 주장했다.

아버지는 두 사람을 보고는 짜증을 내며 얼굴을 찌푸리고는 호통을 쳤다.

"말해봐라, 아미누. 이제는 네가 나를 성가시게 하는구나—내 아들이랑 한통속이 되어서 말이지. 나는 할 말은 다 했다. 네가 이렇게 나오면 내가 마음을 바꿀 거라고 생각하는 거냐? 다른 딸 중에 한 명을 골라보라고 얘기했다. 내 마음이 완전히 떠나기 전에, 어떤 딸을 원하는지 얘기해. 네가 네 아버지랑 가족들 망신을 시키는구나."

"다른 딸은 바라지 않습니다. 저는 람라와 결혼하겠다고 청했고, 당신께서 승낙해주셨습니다. 그렇게 말씀하신 걸 거두실 만한 허튼짓은 저는 전혀 하지 않았습니다."

"람라는 이미 내 형이 다른 사람과 결혼시키겠다고 했다. 그저 운명이 그렇게 정해진 거라고 생각해라."

"저는 람라에게도 허락을 받았습니다."

"람라는 딸자식이다. 예의 바른 딸이지. 람라는 우리가 시키는 사람과 결혼할 거다."

"그렇지만 이젠 세상이 바뀌었습니다! 여자들에게도 권리가 있다고……."

"건방진 어린 놈 같으니! 물러가라! 그래, 참, 아마두 너도 여기 있었지. 조심해라, 아마두! 여자들의 권리를 입에 올리다니, 제정신이 아니구나! 염치도 없는 거냐? 배운 게 대체 다 어디 간 거냐? 나한테 뭔 설교를 하려는 거야! 거기다 감히 말대꾸를 해? 버릇없긴! 부끄러운 줄도 모르고! 너희 둘 다 당장 나가라. 어리석은 소리는 이만 하면 됐다. 아미누, 너는 이번을 마지막으로 정신 차려. 너는 람라와 결혼하지 못한다. 영영 잊어라!"

친구들 몇몇의 도움을 받아 두 젊은이는 온 마을에서 격하게 시위를 벌였다. 나이 든 남자가 젊은 청년과 결혼을 약속한 약혼자를 두고 다투다니 부끄러운 줄 알아야 한다며 목소리를 높였다. 꽤나 소란을 불러일으켰는지라, 하야투 백부는 성을 내고는 제일 열을 올리는 이들을 독방으로 보내 열기를 가라앉혔다. 대담하게도 공공연하게 항의한 아마두의 행동에 화가 났고, 또 이 모든 소동이 알하드지 이사의 심기를 불편하게 할까 봐 두려워진 데다, 일이 나쁘게 흘러갈까 걱정이 된 아버지는 하야투 백부와 무사 백부를 불렀다. 그리고 아버지는 백부들과 함께 있는 거실에 나를 불러 앉혔다. 나는 함께 불려온 어머니 옆, 카펫 위에 앉았다.

기쁜 일로 불려온 게 아니라는 걸 알아차린 어머니는 근심에 가득 차서 입술을 꽉 오므리고는 숨죽이고 있었다. 가차 없이 냉정한 태도로 소파에 당당하게 앉은 아버지는 우리 두 사람을 한참 동안 바라보다가 나를 낳은 어머니에게 거만하게 말했다.

"다디엘, 당신이 이렇게 반항적인 줄은 몰랐네. 당신 아들은 어떻게 감히 온 마을에 나를 망신시킬 수 있는 거지? 당신 딸은 또 어떻고? 그 어린 불량배 녀석을 좋아한다고 동네방네 소문을 내고 다닌 모양인데. 내가 잘못 알고 있는 거라면 좋겠구나, 람라."

나는 아무 말 않고 눈을 내리깔았다. 그렇지만 조용히 눈물이 흘러내렸다. 아버지는 말을 이어갔다.

"아무것도 아닌 딸자식이 감히 나한테 대들어? 아량을 베풀어 너에겐 가당치도 않은 남자를 찾아온 내 형을 욕보여?"

아버지는 화가 잔뜩 나서 목소리를 높였다.

"여자애들을 학교 교실에다 너무 오랫동안 앉혀둔 결과가 바로 이런 거다. 날개라도 돋친 줄 알고 죄다 하려고 들지. 결혼은 감정 문제가 아니다. 그 반대야. 결혼은 그 무엇보다 두 가족이 결속을 맺는 일이다. 명예, 책임, 종교가 달린 문제이기도 하지—내가 따르는 것들 말이야."

아버지는 화를 간신히 억눌렀다. 아버지는 열 명 남짓한 딸들을 잡음 없이 결혼시켰다. 그러니 제아무리 은근한 반항이었다 한들, 나의 반항은 아버지의 신경을 상당히 건드렸다. 이번 결혼 문제가 단순한 혼인 이상의 의미를 지니는 만큼, 격노도 훨씬 컸다. 이어서 아버지는 어머니에게 주의를 돌렸다.

"당신 딸이나 아들이 못돼먹은 소리를 한 마디만 더 했다가는, 당신을 내쫓겠어. 아니! 이 자리에 함께 와 있는 형들을 대신해서, 한 번이 아니라 세 번 내쫓을 거야(아내를 세 번 연속해 내쫓으면 다른 구제 수단을 취할 수 없으며 이혼이 완전히 확정된다—옮긴이). 지금까지 내가 너무 참았던 것 같네. 알아들었나?"

"하야투 형님, 죄송합니다. 간청하지만, 이건 정말로 내 잘못이 아닙니다. 자식들에게는 할 수 있는 만큼 말해두었는데 그저 자식들이 내 말을 안 들을 뿐이에요."

꼿꼿한 자세로 있던 백부는 몸을 일으키며 말을 보탰다.

"자식들이 어머니 말을 안 들으면, 비난을 들어도 마땅한 자식이라는 뜻이다. 람라, 네 입에서 알하드지 이사를 거스르는 부정적인 소리가 한 마디라도 나왔다가는, 가정교육을 제대로 받은 여자에게 걸맞은 염치라든가 조심성이 무엇인지 내가 직접 가르치러 오겠다. 배은망덕한 것 같으니. 벌써 잊어버린 거냐? 널 학교에 보내준 게 누구냐? 너랑 네 친구 양아치 녀석들 행동거지 때문에 나와 네 아버지 사업이 위태로워진다는 것조차 생각을 못 하는구나. 똑똑하다는 녀석이 말이야. 그 능구렁이 같은 사내가 화가 나서 우리한테 세금 폭탄을 떨어뜨리는 걸 보고 싶은 거냐? 그 중요한 공급업자가 우리한테 납품 안 하겠다고 하는 걸 보고 싶은 거냐? 우리 가족까지 다 몰락하는 꼴을 보려는 거냐?"

"아니에요!"

나는 간신히 들릴 만한 소리로 말했고, 그 순간 내가 품은 신념이 흐려지는 기분이 들었다.

"그렇다면 기품 있는 여자답게 행동해. 오늘 저녁에 일꾼을 시켜 가구 카탈로그를 보낼 테니 골라봐라. 협조해줬으면 좋겠구나. 네 집에 들일 가장 아름다운 가구를 골라봐. 다른 아내 앞에서 슬픈 표정은 하지 않았으면 좋겠구나. 결혼에 필요한 가구는 전부 내가 주마. 이제 가 봐도 된다."

나는 고개를 푹 수그리고 있는 어머니를 한쪽에 남겨둔 채 아무 말 없이 자리를 떴다. 뒤편에서는 아버지와 백부가 어머니를 힐난하는 소리가 들렸다. 이제 어머니는 우리의 실수 때문에 어떻게든 대가를 치를 터였다. 아마두 오빠와 나에게는 그게 가장 큰 협박이었다. 결정적인 한 방! 이제 끝이다! 아주 잘 알 수 있었다.

상심한 아미누는 집 안에 틀어박혔다. 음식도 더 이상 입에 대지 않았고, 씻지도 않았고, 하루 종일 끝없는 우울감에 젖어 널브러져 있었다. 아들이 정신을 놓을지도 모른다는 생각에 겁이 난 아미누의 아버지는 그를 다시 튀니지로 보냈다. 아마두는 마지막으로 입을 닫으라는 명령을 받았다. 그러지 않으면 다시 독방에 갇힐 테고, 이번에는 하루로 끝나지 않을 거라 했다. 설령 그게 아니라 하더라도 어머니를 내쫓기게 할 수는 없었다. 실제로 우리는 쫓겨난 어머니를 둔 형제들이 매일같이 부당한 처우를 견디며 어린 동생들은 같은 처지에 놓이지 않도록 하려고 애쓰는 것을 목도했다.

그렇게 끝이 났다. 아미누는 떠났다. 나는 여기 남아 있고, 모르는 사람과의 결혼만을 남겨둔 채 혼자서. 불안해하면서. 눈물만 흘리면서. 사라진 꿈 앞에서 슬퍼하는 것밖에는 남은 게 없었다. 그리고 어머니는 아미누를 향한 원망을 더는 감추지 않았다. 올바르게 자라던 아들을 나쁜 길로 빠지게 만든 데다, 딸의 마음까지 어지럽힌 아미누를 말이다. 어머니는 모든 잘못을 아미누 탓이라 여겼다. 그는 헤픈 남자일 것이며, 분명 술을 먹고 담배를 피울 거라 했다. 반면 알하드지 이사는 온갖 좋은 면을 다 갖추고 있다고 했다. 알하드지는 부자니까 내가 갖고 싶은 건 다 가질 수 있을 거라 했다. 알하드지는 정치인이니까 내가 존경받고 높이 떠받들어질 거라 했다. 알하드지는 나이가 더 많으니 내가 훨씬 잘 다룰 수 있을 거라 했다. 알하드지에게는 아내와 아이들이 있으니 더 진중할 거라고 했다. 나는 하루 종일 결혼 얘기만 들으며 지냈다. 여기저기서 시달렸다.

살면서 이렇게 외로웠던 적은 없었다. 주변이 온통 나를 옭아맸다. 어느 누구도 내게 행복한지 불행한지를 굳이 묻지 않았다. 사람들에게 중요한 건 그저 그럴싸한 결혼식에 걸맞은 특별한 행사를 치르는 일뿐이었다. 마을 이곳저곳이 온통 들떴다. 나는 마루아 마을의 새로운 유명인사가 되었다. 모두가 부러워하는 여자가 되었다. 여자들 사이에서 부유하고 엄격하고 까다롭기로 정평이 난 남자가 사랑에 푹 빠지도록 만든 여자가 되었다. 거기에 무조건적인 일부일처제를 이어오던 남자를 일부다처제로 만들기까지 한, 두 마리 토끼를 잡은 여자가 되었다. 그리고 사람들의 관심을 더 끌었던 것은, 들리는 소문에 따르면 온 마을이며 훨씬 더 먼 곳의 원로들까지 열심히 찾아다니는 고객인, 극성스럽고 독점욕 강한 첫째 아내로부터 알하드지 이사의 관심을 돌리게 했다는 거였다. 한 마디로 난 무슨 여주인공 취급을 받았다!

집안 여자들은 내게 결혼을 마치 피할 수 없는 숙제처럼 슬쩍 얘기했다. 그리고 안타깝게도 아직도 내가 사랑 타령을 하고 있으면 미친 사람 취급했다. 이기적이고 아직 어리며, 남을 생각하지 않고, 품위가 무엇인지를 모른다고 했다. 나는 아름다우며, 예비 남편에게 달려갈 필요가 없다고 했다. 내 마음을 얻고자 무엇이든 해야 하는 건 남편 쪽이었다. 고모는 매일 똑같은 소리를 했다.

"네가 좋아하는 사람과 결혼하지 마. 행복해지고 싶으면 너를 좋아해주는 사람과 결혼해라!"

이제는 아무도 나를 협박하지 않았다. 이제 일은 다 끝났으니까. 내가 품위를 지키고 전통을 고분고분 따르기를 기대했다. 난 더 이상 골칫덩어리 취급을 받지 않았다. 그저 복종하기만 하면 되었다. 아버지는 물론이고 백부도 내게 별다른 이야기를 해야겠다는 생각은 하지 않았다. 그저 날짜만 잡아두었을 따름이었다. 내 인생을 족쇄로 옭아맬 날짜를.

내게 날짜를 알려준 건 네네 고모였다.

나는 울지 않았고 말대꾸도 하지 않았다. 마음속에서 나는 이미 죽어 있었으니까. 나는 운이 좋은 편이라고 네네 고모가 웃으며 말했다. 내가 거절한 구혼자들을 쭉 나열해보면 한참 길었다. 하마터면 노처녀로 생을 마감할 수도 있었는데! 아버지는 순서에 따라 딸의 배우자를 고른 것이다. 내 언니 여섯 명도, 사촌들도, 우리 어머니와 고모까지도 같은 일을 겪었다. 나라고 다르지는 않았다! 내 앞을 먼저 걸어간 다른 사람들처럼 나도 의젓하게 따라야 했다. 다시 한 번 얘기하지만 나는 운이 좋았다. 졸업시험을 치르러 가도록 시간이 주어졌다. 학위를 딸 수 있는 기회를 준 것이다. 설령 그 학위가 아무 소용없다 해도, 적어도 나는 학교를 나왔다고 내세울 수는 있을 터였다. 결혼식은 졸업시험 직후에 열릴 예정이었다. 나는 정말로 운이 좋았다! 아버지도 약혼자도 내 열정을 이해해줬으니까. 나는 정말 운이 좋은 거라고, 네네 고모는 되풀이했다.

결혼식 날짜는 다음번 연휴 때로 정해졌다. 여동생 힌두가 사촌 무바락과 결혼하는 날과 똑같았다. 결혼식 때까지 나는 계속 학교에 가고 졸업시험을 준비할 것이다.

VII

결혼 날짜가 정해지자 나는 하루 종일 무기력함과 침묵에 빠져 지냈다. 그 어떤 것도, 그 누구도 이를 멈춰줄 수 없었다. 음식도 더 이상 먹지 않았고 더는 웃음을 터뜨리지도 않았다. 한눈에 보기에도 점점 말라갔다. 아무런 열의 없이 시험을 치르고, 시험을 통과하고도 무덤덤했다.

그리고 결혼 준비가 시작됐다. 약혼자가 비용을 부담해서 차드에서 특별히 어떤 여성을 불러왔다. 그녀는 먼저 내 몸을 완전히 왁싱했다. 그리고 아침저녁으로 내 온몸에 딜케를 뒤덮었다. 감자, 쌀, 오일, 매력적인 향료를 넣어 만든 그 검고, 축축하고, 냄새가 강력한 반죽으로 각질을 제거했다. 그대로 30분 동안 뜸을 들였다가, 여자는 나를 오랫동안 마사지하고는 정향으로 향을 내고, 강황으로 노란빛을 낸 향기로운 식물성 오일을 온몸에 발라줬다. 다른 상황이었다면 이렇게 챙겨주는 걸 달갑게 받아들였을 것이다.

그다음, 여자는 그릇에다 숯을 집어넣고는, 특별 제작한 아카시아 나무 조각으로 숯을 덮었다. 그리고 한 시간 동안 향을 쬐라고 했다. 나는 얇은 담요를 두른 채, 이렇게 즉석에서 만들어낸 사우나가 내뿜는 엄청난 열기를 어마어마하게 들이마신다. 이렇게 사우나를 하면 피부에 윤기가 돌고 얼굴빛이 맑아진다고 한다. 차드를 통해 수단까지 전해 내려오는 의례라고 했다. 나는 어머니의 방에 갇힌 채 숨어 지내야 한다. 아주 명랑한 미용 전문가는 쉼 없이 나를 비행기 태운다.

"람라 씨, 정말 아름답네요! 피부가 점점 부드러워지고 있어요. 몸에서도 좋은 향이 나고요. 몇 달 동안은 땀을 흘리더라도 아카시아 나무와 백단향이 계속 풍길 거예요. 알하드지 이사 씨가 못 견딜걸요, 두고 보세요. 여자가 원하는 모든 걸 주실 거예요. 다른 아내는 발끝에도 못 미칠걸요! 그것도 물론 다른 아내가 집 안에 남아 있을 만한 배짱이 있을 때의 일이지만요. 그래요, 아가씨, 제가 장담합니다. 제 경험을 믿으세요! 분명 알하드지 이사 씨를 꼭두각시처럼 다루게 될 거예요. 행복해지실 거라고요!"

나는 대답하지 않는다. 나를 마치 세계 제8대 미스터리처럼 취급하는 이 외국인에게 무슨 얘기를 할 수 있겠는가? 부유한 남자에게 시집을 가서 행복의 정점에 있을 거라 생각하는 이 사람에게? 나는 그런 남자 따위 상관없다는 것을 이 여자에게 상처 주지 않고 어떻게 이해시킬 수가 있겠는가?

결혼식 전날, 그녀는 하루 종일 내 팔과 다리, 가슴과 심지어 등까지도 검은색 헤나로 장식하며 자신의 과업을 완수한다. 깨끗한 피부에 어두운색으로 문양을 그리니 근사한 효과가 난다. 남편이 될 사람의 이니셜을 이곳저곳에 적어 넣는 것도 잊지 않고!

결혼식 준비에 투입된 건 그녀만이 아니다. 아버지도 가담한다―조금 다른 방식으로. 아버지는 내가 목욕할 때 쓰도록 나쁜 눈길로부터 지켜준다는 나무껍질과, 내게 매력을 불어넣어준다고 하는 가데gaadé와, 향을 피워서 공기의 정령을 막아내는 잎사귀를 가지고 오신다. 그리고 원로들을 초대해 수많은 코란 구절을 판자 위에 적게 한 다음, 판자를 곧바로 씻어낸다. 그리고 나는 어머니가 엄격하게 지켜보는 가운데 그렇게 씻어낸 물을 마신다. 내가 원치도 않는 남편에게 잘 보이게 하려고, 또 어쩔 수 없이 마주쳐야 하는 첫째 아내한테서 나를 보호하려고 말이다.

운명의 날을 이틀 앞두고, 나는 곁에 머물려고 찾아온 어머니에게 마지막으로 간청한다.

"엄마, 그 남자랑 꼭 결혼하라고 하신다면, 전 자살할 거예요!"

"자살을 하면 곧장 지옥에 가게 될 거다. 그리고 그렇게 계속 뚱한 얼굴로 있으면 분명 내가 화를 입을 거야. 나도 죽게 되겠지―네 잘못 때문에 말이야. 아니면 제아무리 운이 좋아 봐야 이 집에서 쫓

거날 테고. 그랬으면 좋겠다는 거냐? 거기다 나만 걸린 문제가 아니야. 남동생들은 어쩌고? 여동생들은? 이런 늑대 소굴에서 보호해주는 사람 하나 없이 살아가기에는 너무 어린 애들이야. 너는 고작 네가 말하는 그 행복이란 것 때문에 동생들을 희생시키려는 거냐? 우린 너를 지옥으로 보내는 게 아니다, 람라야. 오히려 그 반대야. 너는 네가 먹고 싶은 건 뭐든, 입고 싶은 건 뭐든 절대로 부족하지 않게 해줄 남자와 결혼할 거란다. 그리고 네가 바라던 것보다 좋은 것들을 훨씬 더 많이 누리게 될 거야. 네 의붓동생 마이무나를 좀 보렴. 그 아이의 남편은 생활하는 데 필요한 걸 겨우 챙기는 정도여서, 아직도 마이무나는 네 아버지한테 먹을 것과 입을 것을 의지하고 있잖니. 그렇게 살고 싶단 거냐? 난 절대로 네가 가난하게 살게 두지 않을 거다."

"어머니는 제 마음을 몰라요! 그러니까 제 말은⋯⋯."

어머니는 손짓으로 내 말을 막고는, 목소리를 한층 더 낮췄다. 아직도 주름 하나 없는 이마에 깊은 주름이 잡혔다.

"네가 내린 결정이 비단 네 인생에만 영향을 끼치는 게 아니라는 사실을 이번만큼은 알아야 해. 신의 이름으로 얘기할 테니, 이젠 좀 어른스럽게 굴렴! 나도, 네 고모들도, 이 집안의 모든 여자가 똑같은 일을 겪었다. 대체 뭘 보여주고 싶은 거냐? 이미 네 잘못 때문에 어린 여동생들이 학교에 못 다닐지도 모른다. 네 행동 때문에 교육이 쓸모없다는 인상을 심어준 거야. 너는 행복한 운명이라는 걸 깨달아라. 최악의 운명을 주시지 않은 것에 알라께 감사해라. 아니면 네 사촌 무바락이랑 결혼하고 싶은 거냐, 그 양아치 녀석이랑?"

"당연히 아니죠!"

나는 조그맣게 말했다.

"그래, 그래서 힌두네 어머니가 자기 딸을 알하드지 이사네 아내로 만들 수만 있다면 무슨 짓이든 하려는 거 아니냐. 넌 대체 왜 나한테 창피를 주지 못해 안달이냐?"

"엄마한테 창피를 주려는 게 아니에요. 엄마는 제 마음을 몰라요. 저는 이 결혼을 받아들일 수밖에 없죠. 엄마가 얘기한 그 모든 사람을 위해서라면요. 그렇지만 제가, 제가 어떤 기분인지는 상관도 없는 건가요? 제가 무엇 때문에 근심스러운지도요? 저는 결혼하기 싫어요. 계속 공부하고 싶어요."

"이미 넌 공부를 마쳤잖니. 졸업을 하면 이 집에 남아 있을 수 없다. 아버지는 절대 네가 대학에 가는 걸 허락하지 않을 거야. 여기서도 안 되고, 다른 데서는 더더욱 말이다."

"그래서 제가 아미누와 결혼하는 걸 받아들였던 거잖아요. 그와 결혼하면 공부도 계속할 수 있을 테고, 전 아미누가 좋아요."

어머니는 가차 없이 말한다.

"네 사랑이라는 건 힘도 없고 쓸모도 없어. 더 이상 서로 오가는 감정이 아니니까. 변덕스러운 사랑놀이는 이제 관둬라. 안 그러면 너랑 의절할 거다! 너는 품위도 없는 거냐, 람라? 네게 가르쳤던 명예는 대체 어디다 두고 온 거지?"

"아미누가 저를 좋아하는지 아닌지 어머니가 어떻게 알아요?"

어머니는 서글픈 웃음을 터뜨렸다.

"네가 믿고 싶어 하는 대로, 정말 그가 너를 사랑한다면 딱 하나만 대답해봐! 아미누는 지금 대체 어디 있는 거냐?"

VIII

결혼식 전날, 알하드지 이사는 예식에 쓸 콜라나무 열매가 담긴 봉지와 사탕과 과자가 들어 있는 상자를 각각 10여 개씩 보냈다. 테갈이라고 부르는 것이었다. 밤새 한잠도 잘 수 없었다. 머릿속에서는 똑같은 모습만 맴돌았다. 아미누를 잊기가 가장 어려웠다. 언젠가는 잊을 수 있게 될까? 정말로 아미누를 잊고 싶기는 한 걸까? 아미누의 기억은 생생하고 달콤했다. 외로웠다. 이 혼란스러운 마음을 알기는 하는지, 어머니는 이 모든 게 그저 어린애 장난이고, 결혼하고 나면 오히려 행복해질 거라고 했다. 무엇보다도 이게 바로 내 운명이며 "운명 앞에 서면 우린 아무것도 할 수 없어"라고 딱 잘라 말했다. 나는 이제 곧 마을에서 손꼽는 부자의 아내가 되려는 참이 아닌가?

그래, 이건 바로 모든 어머니가 꿈꿀 만한 운명이었다. 다른 아내들이 다들 어머니를 시샘할 만한 그런 운명! 어느 날 밤 내 약혼자가 첫 번째 결혼 선물이라며 보내온 근사한 자동차만으로도 의붓어머니들과 의붓자매들이 눈에 불을 켜기에 충분했다.

불안에 시달리느라 괴로웠다. 가만히 있을 수가 없었다. 숨이 막혔다. 너무 울어서 눈은 빨개지고 눈꺼풀은 부어오를 지경이었다. 이 고요한 절망으로는 어머니도 고모들도 움직이지 못했다. 그분들도 저마다 결혼할 때 눈물을 흘렸다. 어린 신부의 눈물은 그저 그분들의 빼앗긴 젊음과 끝을 고한 순결, 그리고 뒤이어 찾아왔던 책임에 대한 향수를 불러일으키는 데 그쳤다. 그분들은 가족을 향한 헌신과, 낯선 집 안에 들어갈 때 느꼈던 두려움을 겪은 정도가 고작이었다.

쓸쓸함을 곱씹다 지친 늦은 밤, 불현듯 이 삭막한 방을 떠나야겠다는 느낌이 들었다. 달을 바라보고 별을 헤아리고 싶었다. 내가 가는 곳에서도 분명 달과 별을 다시 볼 수는 있겠지만, 과연 그때도 여전히 똑같이 빛나고 있을까? 공기는 또 어떻고? 그때도 여전히 공기가 맑을까? 넘나무 나뭇잎 사이로 흥얼거리며 불어오는 바람은 어떠하려나? 그 바람도 똑같이 신선하고 섬세한 향을 싣고 올까? 발아래로 밟히는 모래는 한결같이 부드러울까?

온 집 안이 잠에 빠져 있었다. 어머니는 피로에 젖어 거실에 놓아둔 작은 매트리스에 진작에 쓰러져 있었다. 오늘 밤에는 여자들 여럿이 집 안에 머물렀다. 심지어 카펫 위에서 자는 이들도 있었다. 그 사람들을 깨울까 싶어, 특히나 그 여자들이 나를 붙잡아서 못 가게 막을까 싶어, 조용히 빠져나왔다.

마지막으로 누리는 자유로운 시간을 어떻게 보내면 좋을까? 내일 이 시간이 되면, 모르는 사람과 한 침대를 써야 할 테니……. 알하드지를 즐겁게 해주려 만반의 준비를 갖춘 내 살결을 손으로 쓸고, 자신을 유혹하려고 그린 헤나 타투에 추파를 던지고, 향냄새를 맡으며, 다른 사람을 좋아하는데도 나를 완전히 소유할 권리를 지니게 될 남자와 말이다. 내 집과 가족을 떠나 다른 사람의 소유가 된다는 사실을 어떻게 받아들일 수 있을까?

차라리 모든 게 내일 하루로 끝날 수만 있다면! 그렇지만 결혼이란 결혼식만이 전부가 아니다. 평생 동안 계속된다.

밤은 고요했고 계절은 선선했으며 하늘에는 별이 숱하게 흩어져 있었다. 달이 마을을 밝혀 꼭 한낮 같았다. 칠흑 같은 밤이었으면 좋겠다고 생각했다. 입을 틀어막고 뱃속을 죄어오는 이 고통처럼 끔찍하게 어두운. 이젠 끝이었다. 더 이상은 내가 나가고 싶을 때 집 밖으로 나설 수 없을 테고, 공부를 계속할 수도 없을 테고, 대학에 간다는 꿈도 끝이 났다. 호화로운 감옥에 갇힌 포로가 된 나는 결코 약사가 될 수 없을 터였다.

이렇게나 외로웠던 적은 없었다.

복도로 다시 돌아오자, 힌두가 보였다. 힌두는 자기 어머니 집 앞에 가만히 서 있었다.

우리는 여느 자매들처럼 가깝지는 않았다. 같은 해에 태어나 함께 학교에 들어갔는데도 말이다. 아무것도 모르는 어린 시절에는 힌두가 가장 가까운 친구였다. 그렇지만 나이를 먹으면서 우리는 끊임없이 싸우며 대립하는 각자의 어머니 편으로 갈라섰다.

그렇지만 오늘만큼은 서로 처지가 같았다. 힌두는 나를 보고는 경계를 풀었다. 힌두는 고민이 가득한 얼굴이었다. 거듭 밤을 지새우느라 얼굴에는 그늘이 짙었다. 힌두는 내게 손짓을 하고는 바깥에 있는 커다란 부엌으로 데려갔다. 숯불 위에는 고기 요리에 끼얹을 소스가 한솥 가득했다. 아침부터 벌어질 연회를 알리는 전주곡이었다. 이제 막 새벽이 찾아오는 참이었는지라 부엌은 아직 고요했다. 부엌에 열기가 가득했는데도 힌두는 몸을 떨었고, 손을 맞대고 비비며 벽난로에 가져다 댔다. 힌두는 내게 등을 돌린 채 가라앉은 목소리로 물었다.

"그래, 오늘 결혼한다니까 기분이 어때? 무서워?"

"슬퍼. 그걸 왜 물어보는 거야? 넌 무서워?"

그녀가 돌아봤다. 눈물을 쏟고 있어 무척 놀랐다. 내 처지에만 골몰해 있느라 동생의 상황은 그다지 헤아려보지 않았다. 나는 힌두가 약혼자를 받아들인 줄로만 알았다. 약혼자는 다름 아닌 우리 무사 백부의 아들이었으니까. 힌두는 무바락과 사랑에 빠져 있다고 생각했고, 또 어느 모로 보나 힌두가 나보다 운이 좋다고 생각했다.

무바락은 이제 막 22살이 된 참이었고 못생기지도 않았다. 알하드지 이사와는 정반대였다!

힌두는 웅얼거리듯 말했다.

"그 남자가 무서워."

"무섭다고? 대체 뭣 때문에?"

"너는 무바락네 아버지가 나한테 결혼을 청하러 오기 전에 무슨 일이 있었는지 못 들은 거야?"

무바락은 술에 빠져 살았고 그 사실을 감추지도 않았다. 입에서 풍기는 지독한 냄새만으로도 무엇에 빠져 지내고 있는지 알 수 있었다. 얼마 전부터는 아침에 모습을 비추지도 않았고 오후나 저녁이 되어야 보였다. 무바락의 아버지가 두알라에서 신발 가게를 열 만한 자금을 주지 않겠다고 한 뒤로는 자기 아버지도 무시했다. 무사 백부는 연안 지방에서 장사하는 건 믿음직하지 못한 일이라고 생각했고, 또 벌써 몇 년 전에 무바락이 자기 백부인 유구다처럼 목재 가게를 열고 싶다고 했을 때 이미 자금을 대준 적도 있었다. 무바락은 그 돈을 전부 여자와 술, 옷을 사는 데 썼다. 더 나쁜 점은, 알코올뿐만 아니라 트라마돌에도 중독되었다는 거였다. 트라마돌은 마루아 사람들을 피폐하게 만들었던 강력한 진통제다. 그래도 이런 모든 소문은 대수롭지 않게 취급되었다. 만취한 무바락이 자기 어머니의 어린 하녀를 겁탈하기 전까지는 말이다. 아무 보호도 받지 못했던 그 십대 하녀는 유일한 보상으로 5천 프랑짜리 지폐 한 장을 받고는 고향 마을로 깔끔하게, 그리고 간단하게 돌려보내졌다.

한편 이제 무바락도 가정을 꾸릴 때가 되었다고 결정한 그의 아버지는 신붓감을 멀리서 찾지 않았다. 힌두는 결혼할 나이가 찼고, 집안사람들은 힌두의 얌전하고 고분고분한 성품을 높이 쳤다. 잘된 일이었다! 얌전한 힌두는 기운이 차고 넘치는 무바락을 제대로 된 길로 이끌 수 있을 터였다. 두 젊은이의 아버지들은 당사자들과는 의논도 하지 않고 서로의 결정을 확인했다.

힌두는 마저 말했다.

"한번은 무바락이 나를 자기 방으로 끌고 가 끌어안으려고 했어!"

나는 깜짝 놀랐다. 그리고 흥분해서 다그쳤다.

"뭐라고? 그래서 넌 어떻게 했어?"

"당연히 밀쳐냈지. 그렇지만 무바락이 내 팔을 붙잡았어. 그래서 피가 나도록 깨물고는 도망칠 수 있었어. 그렇지만 결혼식 날 밤에는 나를 자기 마음대로 하겠다고 으름장을 놨어. 신이시여, 그 사람 너무 무서워, 람라야!"

"어머니한테 얘기 안 했어?"

"얘기해봐야 무슨 소용이야? 어머니랑 얘기할 만한 문제가 아니라는 거, 너도 알잖아."

힌두는 눈물을 뚝뚝 흘렸다. 이렇게 비탄스러운 일을 앞에 두고 있으니 마음이 누그러졌다.

"람라야, 난 무바락보다는 그 알하드지 이사라는 사람하고 결혼하고 싶어. 무바락은 건달이야. 무서워! 너는 정말 운이 좋은 거야."

벌써 집안사람들이 깨어나고 있었다. 우리 인생에서 가장 중요한 날을 준비하러 갈 시간이었다.

IX

손님들이 모여들자 사제가 코란의 마지막 구절이 적힌 판을 들고 들어왔다. 힌두에게, 그다음에는 나를 향해 성스러운 구절을 외었다. 우릴 둘러싼 여자들은 모두 눈물을 흘렸다. 우리를 바라보며 저마다 자기가 겪었던 번민과 환멸을 떠올렸을 것이다. 나로서는 한참의 시간이 흘러야 이해할 법한 감정이었다. 임무를 마치고 나자 사제는 자리를 떴고, 그리오가 일어나 날카로운 목소리로 세 번 연달아 낭독했다.

"오, 고귀하신 분들이여! 여기 알하드지 하마누의 아들, 알하드지 이사가 알하드지 부바카리의 딸, 람라의 남편이 됩니다. 신부에게 지불하는 지참금은 소 열 마리이며, 이미 지불을 끝냈으니 외상이 아닙니다. 우리 모두가 확인했습니다! 증인이 되어주십시오. 신께서는 행복을 내려주시기를!"

짧게 기도를 하고 나서 내 결혼식은 막을 내렸다.

몇 분 뒤 힌두의 결혼식도 같은 의례대로 이어졌다.

"오, 고귀하신 분들이여! 또 다른 테갈입니다. 알하드지 무사의 아들 무바락이 알하드지 부바카리의 딸 힌두의 남편이 됩니다. 신부에게 지불하는 지참금은 십만 프랑이며, 이미 지불을 끝냈으니 외상이 아닙니다. 우리 모두가 확인했습니다! 증인이 되어주십시오. 신께서는 행복을 내려주시기를! 그리고 이들에게 자식 복과 어마어마한 부를 내려주시기를."

그런 다음 어마어마한 잔칫상 주위로 말 수십 마리, 북소리에 맞춰 칭송하는 노래를 부르는 그리오들, 무용수들이 행진하며 축제가 이어졌다. 이런 온갖 잔치에 끼지 못하는 여자들은 집 안에서 소리만 들으며, 무용수들의 발놀림을 짐작하거나 노래 가사를 가늠하려 했다. 힌두와 내가 집을 완전히 떠나기 전까지 낮 동안 머물 방에서는 같은 학교와 집안의 어린 여자아이들이 음악을 들으며 춤을 췄다. 힌두가 평온한 모습이어서 놀랐다. 거기다 가벼운 미소까지 띠고 있었다. 간간이 힌두와 눈이 마주쳤다. 힌두는 누가 봐도 행복한 신부라고 생각할 법한 모습이었다. 힌두의 절제력에 감탄했다. 나는 어땠냐면, 기절할 것만 같았다. 어떻게 이런 일이 일어날 수가 있지? 쉰 살 먹은 남자한테, 마을에서 가장 아름답고 가장 똑똑하고 가장 웃음이 많은 열일곱 살인 내가, 시집을 가다니?

아, 아버지! 저는 이해할 수 없어요. 아버지의 사업이나 백부들의 사업 모두 번창하고 있는데도, 계속 더 커져만 가는 욕심 때문에 대체 왜 제가 희생하는 거죠? 집안에는 다른 여자아이들도 정말 많고, 그중에는 저 대신 알하드지 이사의 아내 자리를 차지한다면 기뻐할 사람들도 여럿 있을 텐데, 대체 왜 저인 거죠?

아, 아버지! 아버지에겐 자식들이 정말 많지만, 딸이 있다는 건 정말 편리한 일이에요. 이렇게나 쉽게 처리할 수 있으니까요.

아, 아버지! 아버지는 이슬람교의 교리를 샅샅이 익히라고 말씀하시죠. 아버지는 우리더러 몸을 꼭 가리고 다니고, 꼬박꼬박 기도를 하고, 전통을 반드시 지키라고 하시는데, 그렇다면 대체 왜 결혼할 때 반드시 여자의 동의가 필요하다고 못박아둔 마호메트의 가르침만은 일부러 모른 체하는 거죠?

아, 아버지! 아버지는 자존심과 이익을 항상 제일 앞세우시죠. 아버지의 아내들과 아이들은 아버지의 인생이라는 체스판 위에 개인적인 욕망을 채우고자 올려둔 졸병일 뿐이에요.

아, 아버지! 전통을 향한 아버지의 존경심은 우리의 의지와 열망 위에 자리 잡고 있죠. 아버지의 결정이 불러일으키는 고통은 상관도 안 하시죠.

아, 아버지! 아버지는 우리를 한 번도 사랑한 적이 없나요? 이렇게 물으면 당연히 우리를 사랑한다고 대답하겠죠, 다 우리가 잘되기를 바라서 하는 일이라고요. 왜냐면 우리 같은 여자아이들이 인생에 관해 무얼 알겠어요? 우리가 어떻게 우리 배우자를 직접 고르겠어요?

그렇지만, 아버지는 우리가 그런 걸 할 줄 모른다고 단정 짓지만, 그건 어쩌면 우리가 아직 결혼할 나이가 안 돼서 그런지도 몰라요.

아, 아버지! 저는 잘 알고 있어요. 우리가 사는 마을은 변화를 반대하고 전통에 순응해야 하는 곳이죠. 그렇지만 과연 그게 아버지가 결정을 내린 유일한 이유일까요? 딱 한 순간만큼은, 아버지 스스로도 속고 있는 거라는 생각이 들지 않으셨나요?

아, 아버지! 저는 아버지에게 기대조차 할 수 없어요. 저는 너무나 불행하게도 여자인걸요. 절대로 남자아이들처럼 언젠가 아버지의 품에서 안식을 찾는다거나 아버지 어깨에 기대어 울 수 없어요. 그래서는 안 되니까요. 딸은 아버지에게 가까이 갈 수 없고, 아버지를 껴안을 수 없어요.

아버지의 눈에서는 그 어떤 추억도, 그 어떤 후회도 보이지 않았다. 쓸쓸하긴 했지만 난 그래도 아버지의 눈에서 애정을 읽고 싶었다. 이제 떠날 시간이 다가왔으니. 내가 느끼는 감정을 아버지에게 목청껏 털어놓고 싶었다.

그리고 어머니! 불안 때문에, 또 자존심 때문에 어머니는 저를 희생시켰어요. 어머니는 저를 부유한 여자로 만들고 싶어 하시죠. 어머니는 제가 자동차 운전대를 잡고 아첨하는 소리를 들으며 존경받기를 바라죠. 어머니는 다른 아내들을 안달나게 만들고 싶어서, 그래서 저한테 기대를 품었어요. 어머니는 저를 사랑하고, 제게 감탄해요. 저는 어머니의 완벽한 딸이죠. 제가 바라건 바라지 않건 간에, 저는 완벽해야 하고 부러움을 사야만 하죠.

아, 어머니! 부탁이에요. 어머니는 물론 저를 사랑하죠! 그렇지만 잘못 사랑했어요. 어머니는 저를 이해하지도 못했고, 저를 지키지도 못했어요. 비탄에 빠진 제 비명을 듣지 않았어요.

어머니는 저를 먹잇감으로 내던졌어요. 그래도 어머니는 여전히 제 어머니, 제가 세상에서 제일 사랑하는 사람이에요.

아, 어머니! 제가 어머니를 괴롭게 했다니 죄책감이 들어요. 전 항상 어머니가 바라는 모습이 되려고 애썼어요. 한 번도 성공하진 못했죠. 어머니는 차분한 힌두와 소란스러운 저를 곧잘 비교했어요. 어머니는 저를 콤플렉스와 불만이 가득한 사람으로 만들었죠.

저는 가장 아름답고, 가장 똑똑하고, 가장 아름다운 사람이 되어야만 했어요. 저는 어머니의 꿈이 되어야 했어요. 어머니의 딸! 어머니의 희망! 저는 어머니에게 고통을 주는 간접적인 원인이자 동시에 기쁨이라고 늘 거듭 말씀하셨죠. 어머니는 저를 위해 자리를 지키셨어요. 저는 어머니가 그렇게 하신 걸 절대로 후회하지 않도록 처신해야 했죠.

아, 어머니! 여자로 산다는 건 얼마나 힘든지요. 항상 모범을 보이고, 항상 순종하고, 항상 자기를 억누르고, 항상 참는 건 얼마나 힘든지요!

아, 어머니, 전 어머니를 정말 사랑하지만, 오늘은 어머니가 싫어요.

아, 어머니, 마음을 차분히 다잡으세요! 절 보세요. 모든 신부가 응당 그래야만 하듯이, 저도 행복해 보이시나요?

그리고 어머니, 당신께서는, 신부의 어머니인 당신은 행복하신가요? 어째서 가끔 눈물을 훔치는 건가요? 화장 한 번 하지 않는 어머니가 오늘은 어째서 화장을 진하게 하신 건가요? 검은 아이섀도 너머에 있는 눈은 어째서 붉어진 건가요?

저녁이 되자 고모들은 관습에 따라 우리가 몸을 씻을 때 사용할 물을 준비했다. 물에다 헤나 몇 꼬집, 향료, 콜라나무 열매를 집어넣었다. 그리고 나서 우리에게 화려하고 눈부신 옷을 입혔고, 가볍게 화장을 해준 다음 금으로 된 장신구로 치장을 해줬다. 우리에게 향수를 뿌리고 나서 마지막으로는 자수가 수놓아진, 반짝이는 보석으로 장식한 커다란 검은 외투를 덮어주었다. 히잡으로는 얼굴을 완전히 덮었다.

나는 눈으로 어머니를 찾아봤지만 어머니는 보이지 않았고 힌두의 어머니도 마찬가지였다. 곧이어 고모들은 우리를 아버지의 집으로 데려갔다. 아버지의 집이라야, 그저 그곳을 나서 우리를 기다리는 차에 타는 게 고작인 장소일 뿐.

우리 둘의 어머니들은 작별인사를 하지 않기로 결정했다. 눈물과 괴로움을 감추려고 그랬던 걸까?

X

결혼할 때 아버지가 딸에게, 또 은연중에 그 자리에 있는 모든 여성에게 건네는 관례적인 조언은 이미 다들 달달 외우고 있는 것이었다. 그 조언이란 그저 딱 한 마디로 요약된다. 바로 순종하라는 것!

남편의 모든 것을 받아들인다. 남편은 언제나 옳고 모든 권리를 쥐고 있으며, 우리는 모든 의무를 짊어진다. 결혼생활이 성공한다면 그건 우리가 순종하고, 우리가 착한 성품을 지니고, 우리가 타협한 덕분으로 다 되돌아올 것이었다. 결혼이 실패한다면 그건 오로지 우리의 잘못 때문이 될 것이다. 또 우리의 나쁜 행실과 못된 성품, 부족한 신중함 때문에 생겨난 결과이기도 할 것이다. 마무리하자면, 시련과 괴로움, 고통 앞에서는 그저 인내심, 인내다.

"알함둘릴라!"

아버지는 이렇게 말씀하신다.

딸이 아버지를 지옥으로 몰아갈 수도 있다고들 한다. 결혼하지 않은 사춘기 딸이 한 발짝씩 내딛을 때마다 발걸음 수가 장부에 기록돼 그 아버지의 죄로 적힌다고들 한다. 결혼을 하지 않은 미성년 딸이 불순한 피를 흘릴 때마다 그 아버지를 지옥으로 몰아넣는다고 한다.

"알함둘릴라!"

아버지에게 최악의 죄는 그 딸이 간음을 당하는 것이라 알려져 있다. 진정한 신자라면 알라의 화를 피해야 마땅하기 때문이다. 아버지에게 최악의 고통을 안겨주는 걸 면하려면, 딸은 최대한 일찍 결혼해야 한다.

"알함둘릴라!"

아버지는 화를 면할 것이다. 아버지는 예법에 따라 딸들을 결혼시켰다. 신성한 의무를 이행한 것이다. 딸을 길러내어 신께서 정한 보호자를 만날 때까지 처녀로 지내게 하는 것. 아버지는 무거운 책임에서 벗어났다.

지금부터 딸들은 더 이상 아버지의 것이 아니다.

"알함둘릴라!"

이제 아버지는 두 다리 쭉 펴고 잘 수가 있다. 알라께서 딸을 내려주며 아버지에게 부여한 어려운 임무를 명예롭게 완수할 수 있었으니까.

아버지가 나를 무심하게 바라보는 가운데, 나는 절망에 빠져 울음을 터뜨린다. 네네 고모가 내게 손짓을 하며 밖으로 데리고 나간다. 값비싼 금붙이와 옷을 걸친 시집 식구들이 호화로운 자동차 근방에서 안달을 내고 있다. 고모가 내 팔을 잡아당겨 내 얼굴을 가린 히잡을 정돈하고는 나를 벤츠에 태운다. 힌두 쪽을 살핀다. 디야 고모가 리본으로 장식한 휘황찬란한 오픈카에 힌두를 밀어 넣고 있다. 바깥에는 오토바이 여러 대가 서 있고, 최대한 큰 소리를 내며 차를 따라가려고 준비하고 있다.

차를 타고 가는 내내 나는 눈물을 흘렸다. 길 가장자리에 잔뜩 모여들어 결혼식 차량 행렬 소리를 듣고 인사하는 구경꾼들에게 소리치고 싶었다.

"구해주세요, 부탁이에요, 제 행복과 젊음을 빼앗아가려 해요! 제가 사랑하는 남자와 영영 떼어놓으려 해요. 원치 않는 삶을 강요해요. 구해주세요, 제발 부탁이에요, 전 여러분이 믿고 싶어 하는 것만큼 행복하지 않아요! 소유지 안에 영영 감춰진 그림자가 되어버리기 전에 저를 구해주세요. 사방으로 둘러쳐진 벽 안에서 포로가 되어 스러지기 전에 저를 구해주세요. 구해주세요, 제발 부탁이에요, 제 꿈과 희망을 앗아가려 해요. 제 삶을 훔쳐가려 해요."

힌두

"인내의 끝에는 하늘이 있나니."

—아프리카의 격언

I

"참아라, 딸들아! 인내해라! 앞으로 살아가면서 인내심을 품어라. 가슴에 새겨 넣고 머릿속에서 되뇌어라. 인내해라! 이것이야말로 결혼과 인생의 유일한 가치다. 이것이야말로 우리의 종교와 전통, 풀라쿠의 진정한 가치다. 인내해라, 절대 잊어서는 안 된다. 인내해라, 딸들아! 인내심이야말로 미덕이니까."

"신께서는 참는 자를 사랑하신다."

아버지는 이렇게 말씀하신다.

나는 아버지의 이런 조언을 따를 수 있도록 결혼하는 날을 결코 기다린 적이 없다. 너도나도 얘기하는 인내라는 건 늘 들으며 지냈다. 이것 때문에 어찌나 피해를 입었는지! 이 말을 맨 처음 들은 게 언제였을까 생각해본다. 아마 태어나면서부터였을 거다. 분명 내게 이렇게들 노래를 불러줬을 거다.

"참아라, 인내해라, 우리 아기! 고통으로 가득한 세상에 왔구나.

너무나 어리고도 너무나 참을성 없는 어린 여자아이야! 너는 여자아이란다. 그러니 평생 인내해라. 지금부터 당장! 여자에겐 행복한 시간이 짧단다. 참아라, 우리 딸, 지금부터 말야……."

손으로 람라 언니를 찾아 굳게 붙잡지만, 아버지가 우리를 떠나보내기 전 충고를 들려주는 시간은 끝이 난다. 벌써 고모들이 나를 문으로 데려간다.

이 마지막 순간, 어머니 침대 밑으로 숨을 수 있으면 좋겠다. 평생 어머니에게 기댈 수 있으면 좋겠다. 그렇게나 충고했던 인내심 같은 것은 무시하고, 오로지 두려움에만 귀를 기울이며, 아버지의 발치에 엎드려 이 결혼을 취소하고 싶다고 애원할 수 있으면 좋겠다. 아버지 입에서 그저 "넌 너무 어리다. 무바락은 기다려야 해"라는 한마디만 들을 수 있다면 나는 목숨도 바칠 것이다.

고통은 사라졌다! 난 결혼했다. 무바락과, 항상 봐왔지만 결코 제대로 알지 못하는 이 사촌과. 무바락은 우리 집에서 몇 발짝 떨어진 곳에 산다. 내가 어릴 때는 분명 나를 두고 자기 노예라거나 아내라고 불렀을 거다. 항상 보고 지내서 거의 형제 같았다. 나는 무바락과 결혼을 했고, 이제부터는 무사 백부의 소유지에 들어가게 되었다.

사실, 항상 무사 백부의 소유지에서 지내다시피 했다. 가족끼리 관계가 긴밀한 탓에 백부들은 전부 제2의 아버지였다. 백부들의 집은 나의 집이었고, 내가 원하면 백부들 집으로 갈 수 있었던 데다, 부모님께 허락받지 않아도 백부 집에서 살 수 있기도 했다. 그렇지만 오늘 밤 나는 무사 백부 집에 딸이 아닌 며느리로서 불려간다. 아, 아버지, 대체 왜 저인가요? 제가 동의하지 않을 수도 있다는 생각은 안 해보셨나요? 제게 권리가 있다는 생각은요? 저는 무바락을 사랑하지 않아요. 아니, 증오해요.

예전에, 더 어렸을 적에, 무바락은 내게 완전히 무심했다. 무바락은 그저 사촌들 가운데, 수십 명쯤 되는 사촌들 중 한 명일뿐이었다. 좋지도 나쁘지도 않았고, 제일 좋아하는 사촌도 제일 싫어하는 사촌도 아니었다. 무바락이 술을 마시고 약을 하기 시작하고, 그러다 자기 어머니의 하녀를 강간해 돌아올 수 없는 강을 건너기 전까지는 말이다. 그때부터 무바락은 최악의 사촌이 되었다. 그러했으니 내가 무바락에게 시집가게 되었다고 어머니가 알려준 날, 내 마음이 어땠을지는 더 말할 필요도 없다.

무사 백부의 소유지는 혼란스러운 일부다처제의 표본 그 자체다. 언제나 온갖 스캔들이 들려온다. 서로 치고받고 싸우는 극성스러운 앙숙인 아내들, 분에 차서 형제들끼리 총칼을 겨누며 다투는 십대 자식들, 이혼당하고 재혼하는 딸들, 주술이나 마술, 마약, 술에 손을 댄다는 비난까지. 권위적인 백부는 소유지 한복판에 살며 아주 거만하게 거리를 유지하기에, 가족 안에서 어떤 일이 벌어지는지를 항상 제일 마지막에야 안다. 백부가 집에 들어서는 순간 곧바로 침묵이 감돈다. 아내들마저도 백부와 전혀 친밀하지 않은 것 같다. 아내들은 저마다 자기 자식을 최대한 지키려 한다. 그렇게 엄격하게 구는데도 무사 백부는 나이 많은 아들들에게 점점 더 존경을 잃어가고 있다. 공부에 실패한 아들들은 죄다 집을 벗어나지 못하고 있으며, 언젠가 상속을 받으리라는 것 말고는 앞날에 관한 뾰족한 전망 없이 하루 종일 뒹굴고 있다. 집안 분위기는 점점 가라앉는다. 무사 백부는 모스크나 가게로 몸을 피하는 날이 늘어난다. 가게에서는 조금이라도 빈틈이 보이면 자식들이 물건을 훔치러 들기 때문에 엄청나게 주의를 기울이고 있어야 한다.

나는 가장 친한 친구인 무바락의 여동생을 만나러 들렀다가 무바락과 우연히 마주쳐 대뜸 이 말을 들었던 순간부터 그를 증오하기 시작했다.

"어, 힌두네. 미래의 내 아내잖아. 약혼자 만나러 온 건가?"

"그럴 리가 있겠어! 대체 무슨 소릴 하는 거야?"

"자, 이리 와! 아직 결혼식은 하지 않았으니까, 약혼식 하러 와."

그러고는 무바락은 나를 자기 방으로 끌고 들어갔다. 풀려나려고 몸부림쳤지만 그는 뻔뻔하게 나를 끌어안았다.

무바락을 거칠게 깨물었다. 역한 냄새가 불쾌했다. 술 냄새였다. 잠시 방심한 틈을 타서 빠져나왔다. 무바락은 꼭지가 돌아서는 단단히 못을 박았다.

"못된 것 같으니! 날 깨물었겠다, 두고 봐. 값을 톡톡히 치르게 될 거야."

그날부터 무바락을 피했다. 어쩌다 우연히 마주칠 때면 무바락은 씩 웃으며 내게 인사를 하고는 비열한 눈길을 던졌다. 나랑 결혼하려고 안달이 났다는 게 느껴졌다. 점점 더 마음이 불편해졌고, 시간이 흐를수록 이 불편함은 공포로 뒤바뀌었다. 결혼이, 특히나 첫날밤이 걱정됐다.

람라가 내 손을 붙잡으며 자기의 힘과 용기를 조금 나눠주려 한다.

아버지는 벌써 마무리에 이르렀다.

"알라께서 너희에게 행복을 내려주시고, 너희 집에 수많은 자손과 축복을 베풀어주시길. 가거라!"

그러자 나는 평정심을 잃고 흐느끼며 바닥에 주저앉는다. 아버지는 한 마디도 없고, 디야 고모는 나를 다시 일으켜 보내려고 한다.

안전한 우리 집을 떠나며 나는 울부짖는다. 다들 놀라고, 아버지도 깜짝 놀란다.

"제발요, 아빠, 전 무바락이랑 결혼하기 싫어요! 부탁이에요, 여기 있게 해주세요."

"대체 무슨 소리냐, 힌두?"

"저는 무바락이 싫어요. 무바락과 결혼하고 싶지 않아요."

나는 한층 더 흐느낀다. 고모들은 절망하는 나를 보고는, 또 내가 아버지 앞에서 소동을 피우는 것을 보고는, 차분하고 온순하기로 정평이 나 있던 내 모습에 놀라 숨을 집어삼킨다. 고모들은 자기 형제들이 어떤 반응을 보일지 두려워한다. 그런데 모두의 예상과 달리, 아버지는 고개를 가로젓고는 자기 누이들에게 가라고 명령할 뿐이다.

그에 나는 소리 지르고, 울고, 떠나지 않겠다고 버틴다. 억지로 강요당한 남자와 결혼한다는 두려움에 더 이상 체면이나 품위 같은 건 챙기지 않는다.

"부탁이에요, 아버지, 제발요, 전 무바락이 싫어요, 무바락이랑 결혼하기 싫어요."

아버지에게 애원하고, 목놓아 울며, 온 힘을 다해 소파를 붙잡는다.

"가라."

아버지는 여전히 차분하게 다시 한 번 말한다.

디야 고모는 숨으려던 나를 힘들게 떼어내, 계속 나를 위로하며 출구로 떠민다. 결혼하는 여자들은 모두 부모님의 소유지를 떠날 때 운다면서. 난 그저 다른 신부들보다 예민할 뿐이라면서. 과민하게 반응할 만한 일이 전혀 아니라면서.

"제발요, 아빠, 부탁이에요, 저는 무바락이 싫어요. 무바락만 아니라면 누구든 상관없어요……."

계속 몸부림치다가 고모의 품에서 빠져나온다. 아버지 발치에 엎드린다.

"제발요, 아버지, 사랑하는 알라의 이름으로, 저더러 가라고 하진 말아주세요!"

그러자 백부가 비웃으며 말한다.

"어리광은 이만하면 됐다. 정말 실망스럽구나, 힌두. 그렇게나 정숙하다는 소리를 들었던 너인데 말이지. 조금 전 들었던 충고를 죄다 하나도 이해하지 못했구나. 이제 가라, 디야! 소란은 이만하면 충분하다."

여자들이 억지로 나를 보내려 하자, 나는 계속 흐느끼는 채로 순순히 따른다. 디야 고모는 사촌의 도움을 받아 나를 완강하게 차로 밀어 넣고, 차는 길을 뚫고 나가라며 재촉이라도 받는 양 쏜살같이 출발한다. 경적 소리와 다른 차에 꽉꽉 들어찬 여자들의 환호 소리가 들린다. 내가 부부 생활을 할 집은 무사 백부의 소유지 한쪽에 자리 잡고 있어 아버지 집에서 불과 몇 걸음 떨어진 곳에 있는데도, 무바락은 결혼식이 눈에 잘 띄어야 한다고 고집을 피웠다. 무바락은 온갖 경적을 울리며 오토바이와 자동차 수십 대가 늘어선 행렬의 앞머리로 나가 온 마을을 돈다.

II

오래 기다릴 것도 없었다! 모름지기 젊은 신랑은 아주 늦은 밤이 되면 친구들 손에 이끌려 자기 집에서 쫓겨나야 한다는 전통을 우습게 안 무바락은, 가족이 모두 잠들자 최대한 남들에게 들키지 않도록 조심하며 서둘러 내 방으로 들어온다. 다른 사람들은 복도 앞에서 연회를 벌이고 있다. 카펫 위에 앉아 차와 커피를 홀짝이면서 시끄럽게 떠든다.

나와 동행했던 여자들은 내 집 안에서 잠을 잔다. 소유지 한구석에 있는 무바락의 집과 같은 시기에 지은 집이다. 덜 마른 페인트 냄새가 집 안에 배어들어, 쇠똥 냄새를 어찌어찌 감춰준다. 우리 부부까지 합해서 두 부부가 결혼생활을 하리라는 것을 내다보고 무사백부가 소유지 안에 집 네 채를 짓기로 결정하기 전까지는, 오랫동안 가축우리로 쓰인 곳이기 때문이다. 집을 지을 만한 자리가 되게끔 냄새를 떨쳐내기 위해 한 일이라곤 그저 근처에 있는 개천에서 모래를 가져와 부어놓은 것이 전부다.

무바락은 방에 들어서자마자 내 쪽은 보지도 않고 음악을 튼다. 제일 어두컴컴한 구석, 카펫 위에 앉은 나는 몸을 최대한 웅크린다. 내내 우느라 탈진한 바람에 피곤하고 완전히 진이 빠졌다. 두려움에 목이 턱 막힌다.

"자, 자! 이게 누구야, 사랑하는 사촌이자 아내잖아! 왔어? 결혼식을 얼른 끝내려고. 이 날이 금방 올 거라고 내가 말했었지."

"제발……."

"바보 같은 짓 관두고 얼른 옷 벗어! 난 재미없게 빼는 여자는 싫어."

두려움은 한껏 증폭되고, 그 어느 것도 정상적으로 흘러가지 않으리라는 게 느껴진다. 무바락은 술만 마신 게 아니다. 트라마돌과 비아그라도 같이 먹었다. 이곳에 사는 여러 젊은이들과 마찬가지로, 무바락에게는 익숙한 조합이다. 동네 향신료 상점이건 노점상이건 할 것 없이 길거리 어디서나 볼 수 있다. 첫날밤이 되면 남자들은 되살아나는 열정에 걸맞게끔 기운을 회복하고, 잠자리를 오래 갖고, 정력을 확보하려고 서슴없이 약을 삼킨다.

"옷 벗어. 얼굴 가리고 있으니까 볼품없어."

"부탁이야……."

"장난해? 그래, 해보자고. 조금은 저항하는 게 오히려 더 낫지. 벗기는 재미가 있을 테니까."

무바락은 음악 소리를 높이고는 조용히 옷을 벗기 시작한다. 나는 더 구석으로 물러선다. 너무 무서워 이가 부딪치고 몸이 나뭇잎 떨듯 떨린다. 무바락은 침대에 앉아 배려 따위 없는 눈길로 나를 바라보고는 행동에 돌입한다.

"자, 네가 스스로 올래, 아니면 내가 갈까?"

"제발……."

무바락은 예측할 수 없는 움직임으로 벌떡 일어나 나를 거칠게 침대로 던지고 옷을 잡아당긴다. 할 수 있는 한 막아본다. 무바락이 내 윗옷을 찢자, 난 사납게 물어뜯는다. 무바락이 피가 맺힌 손을 떼어낸다. 무바락은 성을 내며 나를 때린다. 소리를 지르고 발버둥 치다 거세게 얻어맞는다. 침대에 가로로 쓰러진다.

몇 시간이 흘렀을까. 더는 소리 지를 힘도 없고 흘릴 눈물도 없다. 내 방에는 침묵이 감돈다. 하염없이 소리 지르고, 울고, 간청해서 이젠 목소리도 안 나온다. 침대 위에 웅크린다. 몸에는 얻어맞은 상처가 났고, 멍과 어혈이 가득하다. 피를 너무 많이 흘려 침대가 젖었다. 너무 아프다. 몸을 일으켜본다.

옆에서 잠들어 있던 무바락이 곧바로 눈을 뜨고는 나를 조롱하듯이 쳐다본다.

"잘 잤어, 사랑하는 사촌? 아, 내가 뭔 소리 하는 거람, 사랑하는 아내지! 움직일 것 없어, 내가 갈게."

"안 돼, 제발!"

"아직도 구시렁거리는 거야, 응?"

"부탁이야, 나 다쳤어. 아프다고."

"아냐! 원래 다들 그런 거야."

무바락은 지긋지긋하다는 듯이 침대를 쳐다보고는 나를 바닥으로 끌어내린다. 거칠게 넘어지며 신음이 터져 나온다. 무바락이 한 손으로 내 입을 틀어막는다.

"엄청 이른 시간이야. 아직 사람들이 자고 있어. 입 다물어! 어젯밤만 해도 이미 충분히 시끄럽고도 남았어. 네가 그렇게 겁쟁이처럼 굴 줄은 몰랐는데 말야. 사람들이 내가 널 죽였다고 얘기하고 다니는 건 아니겠지? 이번에는 입 다물어!"

무바락은 다시 한 번 나를 강간한다. 고통이 너무 생생해서 의식을 잃는다. 이렇게 기절하는 편이 차라리 자비로운 상태처럼 느껴진다.

내 상태를 보고 놀라는 사람은 아무도 없었다. 이건 범죄가 아니었으니까! 무바락은 내게 모든 권리를 휘두를 수 있었고, 그저 부부로서의 의무를 다했을 뿐이었다. 물론 조금 거칠게 굴기는 했지만 무바락은 건강하고 혈기왕성한 젊은 남자였다. 거기다 난 아주 사랑스러웠다! 이렇게나 매력적인 아내 앞에서는 정신을 잃을 수밖에 없지. 뭐니 뭐니 해도 무바라은 사랑에 푹 빠져 있었다! 또, 이제껏 순결을 지켜올 수 있었으니 나는 축하받아 마땅했다. 우리 가족의 명예를 해치지 않았다.

이건 범죄가 아니다! 합법적인 행동이다! 부부 사이의 의무니까. 이건 죄가 아니다. 오히려 반대다. 나에게건 무바라에게건 간에, 이 건 알라께서 자비를 베푸신 것이다.

이건 강간이 아니다. 사랑한다는 증거다. 그렇지만 내 상처 자리 에 생긴 실밥 자국을 보고 사람들은 무바라에게 혈기를 자제하라고 충고하기는 했다. 사람들은 나를 위로했다. 결혼은 그런 거라면서. 앞으로는 더 나아질 거라면서. 그리고 이것이야말로 다들 얘기해왔 던 참을성, 바로 인내심이라고 한다. 여자는 살아가면서 고통스러 운 단계를 몇 번 지난다. 내게 벌어진 일도 그중 하나일 따름이었다. 내게 남은 일은 그저 죽을 먹고, 빨리 회복할 수 있도록 따뜻한 물로 목욕을 하는 것이었다.

부부의 의무! 사람들은 마호메트의 말을 들먹였다.

'남편을 화나게 하는 아내에게는 불행이, 배우자를 만족시키는 아 내에게는 행복이 깃든다!'

남편을 만족시키는 법을 얼른 익히는 편이 나았다.

의사 역시도 문제 삼지 않았다. 이건 강간이 아니었으니까. 내게 벌어진 건 전부 평범한 일들이었다. 난 그저 다른 사람보다 더 예민한 새신부일 뿐이다. 남편은 젊은 사랑꾼이고! 남편이 열정적인 건 당연하다! 이런 건 익히 있는 일이다. 거기다 누가 감히 '강간'이라는 말을 입에 올릴 수 있었을까? 결혼생활에 강간이란 없다.

나중에 디야 고모가 털어놓기를, 내가 너무 소리를 질러서 창피했다고 했다. 다들 내 소리를 들었을 것이라면서. 병원에서는 상처를 꿰매는 내내 계속 울부짖었다. 얌전하게 굴지 못한 것이다. 디야 고모는 첫날밤에 너무 창피해서 자리를 떠야 했을 지경이라고 했다. 우리 아버지와 시아버지까지도 내 남편이 나를 만지는 줄을 훤히 다 알았을 거라고 했다! 이렇게 부끄러울 수가! 이렇게 정숙하지 못할 수가! 이렇게 저속할 수가! 첫날밤은 모름지기 비밀스럽게 치르는 것이다. 이제는 어떻게 다른 사람들 얼굴을 본단 말인가? 용기가, 인내심이 어찌나 없는지! 조신함은 또 어찌나 없는지! 줄곧 가르쳤던 풀라쿠는 대체 어디로 가버린 것인지! 서아프리카 사람이라면 양처럼 입을 다물고 죽지, 염소처럼 울면서 죽지 않는다. 내가 다른 사람들보다 더 고통스러웠다면 그건 내 잘못 때문이었던 것이다. 무바락이 가만히 하도록 내버려뒀더라면 그 모든 일을 겪지도 않았을 테니까! 그렇지, 네네 고모는 람라도 나처럼 처녀였지만, 람라 목소리를 들은 사람은 아무도 없었다는 얘기를 디야 고모 편에 전했다.

나는 입을 닫는다. 더 할 말이 없다.

고모들은 쌀, 우유, 버터로 만든 죽인 바시세를 정성스레 끓인다. 온 가족에게, 특히 어린 여자아이들에게 이를 나누어 주며 나, 힌두가 결혼할 때까지 처녀였다는 것을 보여준다. 그걸 받아먹는 여자아이들도 똑같이 처녀를 지키도록 부추기는 방법인 셈이다.

사람들은 내 몸은 치료해줬지만 마음은 보살펴주지 않았다. 더 깊고 고통스러운 상처가 내 안에 남아 있는 줄은 꿈에도 몰랐다. 호들갑을 떨만 한 일은 아니었다는 말만 되풀이했다. 평범한 일일 뿐이라면서. 트라우마를 불러일으킨 첫날밤, 그 이상도 이하도 아니라고 했다. 그렇지만 첫날밤은 원래 트라우마를 만들어내는 게 아니었던가? 또, 우리 아버지가 해준 조언을 내가 전혀 이해하지 못했다는 말도 했다.

남편에게 복종해야 한다!
정신을 다른 데 팔지 말아야 한다!
남편을 사로잡으려거든, 남편의 노예가 되어야 한다!
내가 남편에게 땅이 되어야 남편이 나의 하늘이 된다!
내가 남편에게 들판이 되어야 남편이 내게 빗물이 된다!
내가 남편에게 침대가 되어야 남편이 내게 집이 된다!

결혼식 이튿날, 저마다 각자의 집으로 돌아가고 나는 새로운 생활에 접어들었다. 무바락은 조금은 열기를 다스렸지만 잘못했다는 말은 한 마디도 없었다. 아무 일도 벌어지지 않았던 거다. 우린 이미 결혼한 사이가 아니던가?

III

백부의 넓은 소유지 안에서 단조로운 낮과 밤이 계속됐다. 나는 아주 오랫동안 바뀐 적이 없는 가족의 관습을 지켰다.

백부는 나의 시아버지가 되었다. 나는 사려 깊게 시아버지를 피해야 했고, 그 곁을 지나가기 전에는 신발을 벗고, 눈을 내리깔고, 무릎을 굽혀 인사를 해야 했다. 또, 시어머니가 된 백모가 계실 때면 머리에 베일을 써야 했다. 시어머니 앞에선 어떤 것도 마시거나 먹을 수 없었다. 말을 하거나 떠들거나 소리를 내어 웃어서도 안 되었다. 사촌이었던 무바락은 남편이 되었다. 그에게 복종하며 그를 존경해야 했다.

닭이 우는 소리를 듣고 매일의 첫 번째 기도를 하러 일찍 일어났다. 집안사람들은 모두 같은 시간에 눈을 뜨고 저마다 뚜렷하게 정해진 일을 맡았다. 여자들은 부엌에서 허드렛일에 열심이거나 아니면 각자의 집을 청소했다. 가정부로 고용한 어린 여자아이들은 공용 공간을 청소했다. 아이들은 학교에 다니건 아니건 간에, 원로 선생님이 감독하는 가운데 코란을 읽으며 하루를 시작했다―이슬람교에서 주말에 해당하는 목요일과 금요일만 빼고.

무사 백부는 새벽녘이 되어 모두 일어날 때까지 혼자서 밤을 새우다가, 좀처럼 잠을 깨지 못하는 사람들의 방문을 서슴없이 두드렸다. '행운은 일찍 일어나는 자의 것이다. 이 진리를 업신여겼다가는, 불행뿐만 아니라 끔찍한 재앙이 닥칠 거야!' 백부는 이렇게 호통치곤 했다.

부엌에서는 백부의 아내 넷과 사촌들의 아내들, 그리고 나까지 합해 모두가 돌아가며 일을 했다. 음식을 하는 차례인 데판데 defande가 되면 각자 24시간 동안 일을 맡았다. 데판데는 저녁 식사를 준비하는 데서 시작해 이튿날 점심이면 끝이 났다. 시어머니들은 음식을 준비하는 걸 우리에게 맡겨두고, 본인들은 각 가족에게 음식을 나눠주는 일을 담당했다. 이렇게 분담한 건 무엇보다 우리가 경험이 부족해서 음식을 나눠줄 때 실수하는 걸 막기 위해서였다. 남자들이 먹는 가장 중요한 음식은 자울레루로 가져갔고, 그다음엔 여자들 음식을, 마지막으로는 아이들 음식을 성별과 나이에 따라 냈다. 각자의 시어머니가 일할 차례가 돌아오면 각 며느리는 시어머니를 도와야 했다. 보통은 시어머니의 집안일을 대신하는 식이었다.

메뉴는 특별한 것이 없었다. 식이요법을 챙기는 것도 아니었고,

바뀌지도 않았다―아니면 기껏해야 약간 달라지는 정도였다. 무사 백부는 양이나 닭, 소 따위를 잡았다. 중요한 부위는 냉동실에 보관해두었다. 일부는 튀기거나 말리기도 했다. 우리는 끼니마다 고기를 먹었다. 토마토소스를 넣거나, 굽거나 삶거나, 채소와 함께. 가장 많이 먹는 곡물은 쌀이었고, 쌀 대신에 붉은 조나 수수, 옥수수를 먹는 경우도 왕왕 있었다. 보통 아침에는 쌀에다 고기를 넣은 소스를 곁들여 먹었고, 그날 짜낸 소젖이나 응고시킨 우유죽에 땅콩 반죽을 곁들여 같이 마셨다. 또 아침마다 마음에 드는 커피나 차를 골라 커다란 보온병에 넣고 온종일 마셨다. 튀김이나 빵은 남자들만 먹을 수 있었는데, 어른 스무 명 남짓에 아이들이 수십 명인 식구 모두를 그렇게 먹이다가는 식비가 어마어마하게 많이 들 테고, 백부는 그런 식으로 돈을 쓰는 것이 쓸모없다고 생각했기 때문이다.

우리에게는 스스로 식사를 차릴 권한이 없었다. 우리가 각자 준비해야 할 것을 할당하는 역할을 맡은 사람은 백부의 첫 번째 아내인 다다-사레였다. 먼 친척이나 가까운 지인의 갑작스러운 방문까지 고려해서 말이다. 백부의 첫째 아내가 자리를 비우거나 아플 때면 둘째 아내가 소유지를 책임졌다.

저녁이 되면 남자들은 따로 식사했다. 백부가 고용한 요리사가 남자들 음식을 특별히 준비했는데, 여자들이 먹는 것보다 더 다양하고 호화스러웠다. 빠질 수 없는 쿠스쿠스 더미와 채소를 넣은 소스를 비롯해 남자들은 대개 감자나 바나나튀김을 먹을 수 있었고, 고기는 말할 것도 없었으며, 생선구이, 죽, 샐러드, 차나 커피도 빼놓지 않고 먹었다.

그러는 동안 우리 여자들도 함께 모여 밥을 먹었다. 우리 중 누군가가 혼자 먹겠다고 하는 것도, 또는 다른 음식을 먹겠다는 것도 불가능했다. 꼭 먹고 싶은 음식이 있을 때면, 어머니에게 몰래 연락해서 그 음식을 가져다 달라고 하거나, 만약 할 수 있는 상황이라면 무바락에게 부탁했다—말할 것도 없이, 무바락이 기분 좋을 때의 일이지만!

우리 여자들은 시어머니들의 집 앞에 자리 잡은 커다란 항가르에서 일하는 데 오랜 시간을 보냈다. 온 집안 여자들의 공용 공간 구실을 하는 곳이었다. 이곳에서 수다를 떨고, 땅콩껍질을 벗기거나 채소를 다듬었으며, 몇 시간 내내 손이며 발에 헤나 타투를 했다. 텔레비전도 볼 수 있었지만 딱 아랍 채널만 봐야 했다. 언젠가 키스 장면이 상당 부분을 차지하는 드라마에 아내들이 푹 빠져 있다는 사실을 알아챈 무사 백부가 서양 채널이나 다른 아프리카 채널은 금지했기 때문이다. 화가 머리끝까지 난 백부는 그 사실을 알자마자 기술자를 불러 암호를 걸었다. 백부의 표현대로라면 '악마의 채널'에 말이다. 그렇지만 그 기술자는 발리우드 영화만큼은 볼 수 있게 해줬는데, 그래서 집안의 가장이 자리를 비울 때면 발리우드 영화 속

로맨틱한 사랑 이야기에 빠져들었다. 그리고 가장이 돌아오는 즉시, 우리가 볼 수 있는 유일한 채널은 다시 메카 채널이 되었다―사제들의 목소리였다.

무바락은 보고 싶은 것은 모두 다 거침없이 봤다. 케이블 TV를 사용하면서 서비스가 되는 서양 채널이라면 모두 봤다. 또 DVD 플레이어도 갖고 있어서 성인용 CD도 거리낌 없이 손에 넣었다. 그런 CD가 무바락에게는 나를 훨씬 더 학대하려고 할 때 꺼내드는 수단이 되었다. 자기가 봤던 장면을 나더러 똑같이 따라 하라며 시켰기 때문이다. 나를 모욕하고, 자신의 수많은 모험담을 세세히 읊으며 상처를 입혔으며, 어디 한번 온 가족에게 말할 수 있으면 해보라고 했다. 내가 그렇게 할 수 없다는 걸 아주 잘 알고서 하는 말이었다. 전통에 따라, 섹스라든가 그와 연관된 것은 무엇이든 입에 올려서는 안 되었기 때문이었다. 시간이 흐를수록 무바락은 예측할 수 없는 사람이라는 걸 알게 되었다. 한없이 공격적으로 변할 수 있는 동시에 아주 예민해질 수도 있는 사람이라고 말이다.

그의 마음속에는 수많은 상처와 헤아릴 수 없는 좌절감이 자리 잡고 있어, 그걸 감추려고 관습을 무지막지하게 경멸한다는 게 느껴졌다. 그렇지만 비교적 기분이 좋을 때도 있었다. 그래서 호감이 가는 면도 있었으며, 곁에서 생활하는 것도 견딜 만했다. 기분이 좋을 때면 무바락은 나를 한층 더 챙겼으며, 다정하게 말을 걸었고, 같이 몇 시간 동안 얘기를 나눌 수도 있었다. 저녁에는 다른 가족들 모르게 산책을 하자고 청했고, 그러면 우리는 오랫동안 산책을 하거나 무바락의 친구를 찾아갔다. 더러는 자기가 하는 상업 일을 설명해주었고, 아버지가 자금을 지원해주지 않겠다고 했을 때 느꼈던 실망감을 털어놓기도 했다. 그렇게 나도 모르는 사이에 무바락에게 동정심을 품게 되었다.

그렇지만 상태가 좋지 않을 때면 무바락은 언짢은 기색을 내비쳤다. 표정은 뚱한 데다 말도 잘 걸지 않았고 아주 조그만 구실로도 화를 냈다. 그럴 때면 최대한 눈에 띄지 않으려 온 신경을 썼다. 다행히 무바락은 약을 하면서 방 안에서 시간을 많이 보냈고, 밤이 되어서야 밖으로 나왔다. 아주 늦게 집으로 돌아올 때면 술에 절어 있었다. 무바락과 나는 각자의 방이 따로 있었지만, 밤이 되면 무바락의 방에 가서 같은 침대에서 자야 했다. 그렇지만 무바락이 취한 날에는 나를 함부로 대할까 봐 겁이 나서 부부의 의무에 응하지 않으려고 문을 걸어 잠그고 내 방에 있었다.

그런데 어느 날 밤, 새벽 두 시쯤 집에 돌아온 무바락이 내 방문을 두들겼다. 나는 깊은 잠에 빠진 척하며 무바락이 온 것을 모른 체했다. 무바락은 한층 더 거세게 문을 두들겼다.

"힌두, 문 열어! 네가 부부 침실을 비우면 안 되지. 이거 안 열면 전부 부술 거야, 그럼 어떻게 되는지 두고 봐……."

너무 시끄러워서 집안사람들을 깨우지 않을까 걱정됐다. 무엇보다도 무바락이 협박한 걸 그대로 실행에 옮길까 봐 무서웠다. 곧바로 옷을 챙겨 입었다. 간신히 문을 열자마자 오른쪽 눈에 주먹이 날아왔다.

"자, 남편을 존경하는 법을 가르쳐주겠어. 문을 열쇠로 잠그면 안되지. 내가 몇 시에 들어오든 넌 기다려야지. 알아들었어?"

나는 균형을 잡으려고 휘청이다 커튼을 부여잡았다. 커튼봉이 바닥으로 쓰러지며 요란한 소리를 냈다. 무바락의 남동생 중 하나인 함자가 방에서 황급히 나왔다. 무바락이 두 번째 주먹질을 막 하려던 참이었다.

"무바락, 대체 왜 그래? 가만히 있는 사람한테! 지금이 대체 몇 신데 아내를 깨워서 때리는 거야!"

"네 일이나 신경 써. 내 아내니까 내 맘대로 할 거야."

"그래, 형 아내지. 형 아내니까 때리면 안 되는 거야. 설령 형 사촌까지는 생각이 못 미치더라도, 최소한 형 숙부, 그러니까 형 아내의 아버지 되는 사람을 조금이라도 생각해봐. 지금 둘 중에 화를 낼 사람이 있다면 당연히 형수야. 형 지금 새벽 두 시가 되어서야 집에 들어왔잖아."

"네가 네 아내를 무서워한다고 해서 나까지 내 아내를 무서워해야 하는 건 아니야. 네 꼴을 봐봐, 꼬마 함자야, 넌 항상 고분고분하고 착한 남자애지. 네 아내는 너를 전혀 존경하지 않잖아. 넌 아내 앞에서 강아지처럼 구니까. 온 남자들 망신을 네가 다 시킨다니까!"

무바락은 말을 더 얹지 못했다. 함자가 주먹을 날려 무바락의 말을 막았기 때문이다. 함자의 아내인 마디나가 끼어들었다. 그러고는 우리 둘 다 이 형제를 떼어놓으려 애를 썼다. 헛수고였지만. 얼마 안 가 어머니들, 그다음에는 다른 형제들, 그리고 마지막에는 무사 백부까지도 싸움에 휘말렸다. 모두가 휘말린 소란에 종지부를 찍은 것은 무사 백부였다.

그러자 사람들은 형을 존경하지 않는다며 함자를 헐뜯었다. 관례대로라면 나이 많은 사람이 항상 옳았다. 그렇지만 함자가 나를 지키려고 그랬다는 것은 모두가 알고 있었다. 그렇게 한 것은 함자의 숙부인 나의 아버지에게는 예의를 지키는 행동이기는 했지만, 그래도 다른 방법을 취했어야 했다고들 했다!

한편 사람들은 나를 두고는 남편이 돌아오기 전에 잠이 들었다며 비난했다. 거기다 대체 왜 밤인데도 부부 침실이 아니라 내 방에 있었단 말인가? 알다시피 무바락에게는 다른 아내가 없지 않으냐고 함자의 어머니가 콕 짚어 말했다. 관습대로라면 나는 낮에만 내 집에 있어야 한다. 아내라면 모름지기 남편과 한 침대에서 자야 하니까. 그러니 내가 화를 자초한 것이라 했다!

시어머니가 슬쩍 찾아와 남편에게 무례하게 굴고 남편을 거역했다며 나를 질책했다. 시어머니는 아내의 의무를 다시금 일깨우며 더 고분고분하게 굴라고 시켰고, 나 때문에 다들 사이가 갈라질 수도 있다고 겁을 줬다. 서로를 견디지 못하며, 아무 이유 없이 서로를 죽일 수도 있는 형제들 사이의 얄팍한 균형이 내 행동 때문에 깨질 수 있어서 그렇다고 했다. 거기다 시어머니 본인도 다른 아내들 가운데서 제일 성미가 사나운 함자의 어머니와 한층 더 다툴지도 몰라서 위험하다고도 했다.

나는 이 모든 것에 수긍하는 것이 고작이었다.

그 뒤로 무바락은 나를 모른 체했다. 다른 가족들과 매한가지로, 무바락은 특히나 멍이 든 내 눈을 마주치지 않으려 피했다. 이런 건 단순한 불화에 지나지 않았다. 더한 일은 이다음에 벌어졌다!

IV

여느 3월처럼 태양이 타오르는 마루아의 오후. 하늘은 청명한 푸른 색이다. 숨이 막힐 듯이 뜨겁다. 45도다. 이렇게 아무것도 할 수 없이 무기력한 가운데, 소유지는 조용하다. 아이들마저 노는 걸 관뒀다. 우리는 다들 그늘로 몸을 피한다. 나는 베란다에 앉아 새로운 꽃 무늬 식탁보를 뜬다. 부드러운 실 사이로 손가락을 움직이는 동안, 멍하니 되는 대로 생각에 잠긴다.

갑자기 오토바이가 부릉거리는 소리가 들려 고개를 든다. 무바락이 젊은 여자와 함께 들어온다. 뻔뻔한 표정에, 손바닥만 한 천으로 만들어 몸에 딱 붙는 원피스를 입고 볼륨 있는 몸매를 다 드러내고 있다. 스무 살 남짓한 여자는 발목이 훤히 다 보이는 뾰족한 구두를 신고 모랫바닥을 걷는다. 무바락은 나를 아니꼽게 훑어보고는 손님을 데리고 거실로 간다.

신이 난 두 사람이 주고받는 대화가 귀에 들린다. 간간이 터져 나오는 웃음이 바늘처럼 내 심장을 찌른다. 어떻게 해야 할까? 파문을 일으키기는 힘들다. 부모님과 주변 사람들은 분명 내가 무바락을 욕보였다며, 남편의 품위와 명예를 지킬 줄을 모른다며 힐난할 거다. 분노와 수치심을 느끼면서, 베란다에 선 채로 어떻게 하는 것이 최선일지를 곰곰이 생각하는데, 무바락이 자기 방문을 닫는 소리가 들린다. 자물쇠 안에서 열쇠가 달각거리는 소리를 들으니 꼭 머리를 한 대 얻어맞은 것 같아, 멍한 기분을 떨치고 일어난다. 부부 침실에 있는 에어컨이 돌아가는 소리가 정적을 깬다. 자존심에 상처를 입고, 화가 치밀어 몸을 떨며 서둘러 내 방으로 가 옷을 걸치고 뒷문으로 나선다.

결혼한 지 겨우 몇 달이 지났기 때문에 아직은 아버지 집에 찾아갈 권한은 없지만, 어머니를 다시 만나 속내를 털어놓고픈 마음이 강하게 치밀어 오른다. 무더위 때문에 길에는 사람이 없다.

이 시간이라면 의붓어머니들은 분명 각자의 집 안에 들어가 있을 거다. 옷자락을 내려 얼굴을 가리고 조용히 어머니 방으로 들어간다. 어머니는 이제 막 기도를 마친 참이다. 아직 카펫 위에 앉아 묵주를 돌리고 있다. 어머니는 나를 보자 깜짝 놀라 빤히 바라보고는, 뭐라고 물어보기도 전에 질겁한 눈으로 바깥을 빠르게 살핀다. 다른 아내들이 아무도 보이지 않는 것을 확인하고 안심한 어머니는 서둘러 방문을 닫는다.

"힌두야, 무슨 일이야? 여긴 어쩐 일이야?"

나는 말없이 눈물을 흘린다. 어머니를 다시 만나니 좋다. 어머니도 눈물을 흘린다. 그러고는 뭉클하면서도 걱정스러워하며 나를 품 안에 꼭 안는다. 대체 무슨 일이 있었기에 어린 신부가 대낮에 집을 나서야만 했던 걸까? 거기다 부모 소유지로 돌아올 정도로?

어머니는 다시 한 번 말했다.

"힌두야, 무슨 일이야, 우리 딸? 얼른 말해!"

나는 딸꾹질을 하며 입을 연다.

"무바락이! 물론 무바락이 술도 마시고 약도 하고 클럽에도 가고 여자들이랑도 연락하고 지낸다는 건 알았지만⋯⋯."

"그래, 다들 알아. 네 아버지도 알고 있고."

어머니는 한 맺힌 목소리로 덧붙인다.

"지금 무바락이 자기 방에 여자랑 들어갔어. 우리 집에서."

"뭐라고?"

어머니가 깜짝 놀라 말한다.

어머니는 크게 화가 나서, 감춰지지 않는 분노로 눈이 이글거린다. 이번에는 무바락이 선을 넘은 것이다. 멍해진 어머니는 안절부절못하더니 침대에 풀썩 주저앉는다.

"어쩌면 착각한 걸 거야! 친구일 수도 있고⋯⋯."

나는 말을 자르고 어머니 옆에 앉으며 얘기를 보탠다.

"방에 들어가서 안에서 문을 잠갔어."

"어떻게 그럴 수가!"

어머니는 아버지의 네 번째 부인이고, 유일하게 학교를 나온 사람이다. 다른 아내들과 끊임없이 갈등과 질투가 오가는 분위기를 견디며 지낸다. 그래서 내가 힘든 일을 겪는다는 사실이 다른 가족들한테 알려지지 않았으면 한다. 내 의붓어머니들은 겉으로는 같은 편인 것 같지만 뒤로는 서슴없이 입방아를 찧는데, 그게 어머니의 자부심과 명예에 흠집을 낸다. 다른 아내들이 이 사실을 알아서는 안 된다. 적어도 지금은 안 된다. 가장 예쁨을 받는 막내 아내의 고충을 접하면 아주 흡족해할 테니까. 제아무리 겉으로는 서로 마음이 통하는 것처럼 보일지언정, 그 속에는 골이 깊은 앙숙 관계가 만들어져 있고, 그게 자식들에게도 영향을 끼치기 때문이다. 다른 아내를 미워하는 데서 그치는 것이 아니라 그 자식들까지도 깡그리 증오한다. 다른 아내에게 불행이 닥치기만 바라는 정도가 아니라 그 자식들도 죄다 곤경에 처하기를 바란다. 특히나 아버지가 이 중 한 사람만 눈여겨본다든가 특별히 관심을 기울여서는 안 된다.

어머니는 나더러 방 안에 있으라 하고는 당장 아버지를 만나러 달려간다. 지금은 어머니의 데판데가 아니다. 어머니는 셋째 아내를 참을성 있게 기다린다. 셋째 아내는 아버지가 본인 집에서 나갈 때 몸을 씻을 물을 한 주전자 채우러 나온다.

"두두, 나 지금 당장 알하드지를 만나야겠어요!"

"무슨 일이에요?"

두두는 깜짝 놀라 묻는다.

급할 때를 빼고는, 아내는 남편을 만날 차례가 돌아올 때까지 기다려야 한다. 두두는 짜증이 치미는 것을 참고 콕 집어 묻는다.

"무슨 문제 있어요?"

"아무 일 없어요. 그저 평온하죠. 그치만 남편이 시장에 다시 나가기 전에 얘기를 좀 해야겠어요. 진짜 급한 일이라서요!"

"내가 대신 전해줄 수도 있을 것 같아요. 남편이 좀 바빠 보이거든요. 말만 해주세요, 얘기 전해줄게요."

"개인적인 일이에요. 나 좀 만날 수 있는지 남편한테 물어봐줘요."

어머니는 굽히지 않는다.

"그러면 한 번 물어볼게요."

두두는 호기심과 짜증을 가까스로 억누른다.

어머니는 두두를 따라가 베란다에서 기다린다. 아버지는 냉랭하게 어머니를 만나주마고 한다. 지금 아버지는 자카트zakat(이슬람교에서 자선을 베푸는 행위로, 종교적 의무로 여겨진다—옮긴이)를 내보내는 시기다. 이제 막 셈을 마치고는, 자카트에 보시할 몫을 따로 떼어두었다. 아버지는 분명 우리 어머니를 더 챙기기는 하지만, 그래도 어머니의 엉뚱함이라든가 무언가 마음에 들지 않을 때 단호하게 열을 올리는 점은 경계한다. 딸이 결혼한 뒤로 어머니는 아버지에게 끝 간 데 없이 냉정했으며, 이 때문에 아버지는 짜증이 치밀어 오르던 차다. 자신이 통제할 수 없는 상황도 있다는 사실을 아내가 이해해주지 않은 셈이니까. 아무리 아버지가 어머니를 더 사랑하고 있다 한들, 자기 형제가 딸에게 결혼을 요청했을 때 거절해서 의를 상하게 할 수는 없었다. 거기다 딸에게 이것 말고 무얼 더 해줄 수가 있겠는가? 무릇 여자라면 결혼해야 하는 이상, 아버지는 그저 아버지로서 해야 할 의무를 다했을 따름이었다.

"그래, 암라우, 무슨 일로 왔지? 뭐가 그리 급해서 바로 오늘 저녁이면 시작될 네 데판데를 기다릴 수 없었던 거지? 만약에 네 차례였을 때 다른 아내 누군가가 나를 만나겠다고 했으면, 넌 분명 난리를 피우지 않았을까?"

"급히 의논해야 해서 그래. 문제가 생겼어!"

"아 그래, 그러시겠지. 얼른 말해! 이러고 있을 시간 없어. 다들 나 기다리고 있다니까."

"힌두가 왔어. 돌아왔다고!"

"뭐라고? 이런 대낮에? 결혼하고 일 년도 안 됐는데! 뭔 소리야, 여섯 달도 안 됐지! 정말 네 딸답네! 참을성이라곤 없어."

"무바락이 무슨 짓을 했는지 몰라서 그래. 무바락이……."

아버지는 손을 저으며 말을 가로막는다.

"그런 건 중요하지 않아. 최악이군. 밤까지 기다렸다가 올 수도 있었을 텐데 말이지. 다 같은 동네에 살고 있는데, 이제 고작 결혼한 지 몇 달이 지났을까 말까인데, 환한 대낮에 토라져서 부모 집으로 돌아오다니, 어떻게 이런 일이! 그만 가봐."

아버지는 말을 마치고 어머니를 돌려보낸다.

"그치만……."

아버지는 으름장을 놓는다.

"알겠다고 말했지. 가봐. 네네 누나를 불러. 그리고 사람들 모르게 다시 데려가. 내가 바빠서 힌두를 볼 새가 없어서 다행이지, 안 그랬으면 예의라는 게 뭔지 톡톡히 가르쳤을 거야. 이건 전부 다 네 잘못이야. 애들을 너무 오냐오냐하면서 망치잖아. 애들이 자제할 줄을 모르는 것도 당연하지. 네가 좀 더 단호하고 엄격하게 굴었으면 힌두도 그렇게 행동 안 했겠지. 돌아오면 네가 편을 들어줄 줄 미리 알았으니까 그런 거야. 람라였으면 감히 그렇게 했을 것 같아? 힌두를 만나지도 않겠지만, 이제부터는 내 앞에서 얼쩡거리지 말라고 얘기해놔. 이렇게 자제력이 없어서야!"

"무바락이……."

"네네 누나한테 당장 돌려보내라고 하고, 아무도 모르게 해. 누가 네 딸 아니랄까 봐! 자기 행동이 어떤 결과를 가져올지를 생각을 안 한단 말야! 부끄러운 줄 알아야지!"

"그렇지만 힌두 남편이 정말로 너무했다니까. 어땠냐면……."

"그런 건 안 중요해! 무바락이 뭘 어떻게 했는지는 중요하지 않아. 힌두 남편이기 이전에 사촌이잖아. 우리 형의 아들이고. 자기 백부에 대한 최소한의 존경은 갖춰야지. 힘들 때 참고 다 견뎌야 하는 거야. 한계다 싶으면, 정 중요한 일이면, 고모한테 연락해서 얘기할 수도 있었을 테고. 그런데 이런 식으로 집엘 돌아와! 넌 또 어떻고? 넌 대체 어머니가 돼서 뭘 하는 거야? 혼을 내서 조용히 돌려보내지는 않고, 이렇게 와서 방해하고, 예법을 어지럽히고, 다른 아내 차례인데 내 집으로 들이닥쳐서는 싸움이나 일으키려 하고 말이야. 네가 딸한테 설명한들 얼마나 잘할까 싶다. 넌 가보고, 두두 불러와!"

아버지 답을 전해 듣고 나는 몸에 있는 눈물을 모조리 쏟아냈다. 어머니는 방 한쪽 구석에 앉아 시종일관 어두운 표정으로 화가 난 채 주먹을 움켜쥐었다. 아버지가 내린 결정보다, 그 업신여기는 태도와 상처를 주는 말이 어머니를 더욱 화나게 했다. 어머니는 아버지의 결정에 공감하지는 않았지만, 그 결정을 납득하기는 했다. 나를 위로하고자 어머니는 자신의 이야기를 들려주었다. 처음 듣는 얘기였다. 물론 진즉에 드문드문 주워들은 것은 있었지만, 어머니

입으로 직접 들은 적은 없었다. 어머니는 보이지 않는 무언가를 향해 시선을 고정하고는 기억을 곱씹었다. 눈물이 소리 없이 흘렀고, 이따금 옷깃으로 눈물을 훔쳤다. 어머니는 슬픔에 잠겼다.

"있지, 힌두야, 나도 네 아버지랑 결혼하겠다고 선택한 건 아니었어. 결혼하지 않겠다고 거절하지도 않았지. 어떻게 안 하겠다고 그러겠어? 그런 건 생각조차 못 했단다. 우리 가족이 그때 겪고 있던 고통을 떠올리면, 감히 부모님 뜻을 거스를 엄두가 나지 않았어."

언니가 죽은 지 얼마 안 된 때였거든. 급작스러운 죽음이라 온 가족이 다 놀랐지. 전지전능하신 알라의 뜻 앞에서 체념했다가, 차츰 놀람과 비탄이 마음에 들어찼지. 이 땅 위에서 보내는 삶의 시간이 다했을 때나 죽는 거니까. 처음 숨을 들이마시는 순간부터 조물주께서 정해둔 시간 말이야. 운명의 순간을 앞당기거나 늦출 수는 없어. 그렇다면 왜 알라께서 내리신 냉엄한 결정을 한탄하는 것일까? 나는 결혼 생각이 안 났어. 적어도 그때는 말이야. 그때 난 열네 살이었고, 이제 막 세상을 뜬 언니는 네 아버지와 몇 년 앞서 결혼하고선 아이들 셋을 남겨두었지. 가족들 안에서는 질투심 많은 다른 아내가 나쁜 주문을 걸어서 언니가 죽은 거라고 수군거렸어. 그럴 만도 했지. 우리 언니 히다야는 무척이나 예쁘고 너그러워서, 단박에 남편이 가장 아끼는 아내가 되었거든.

언니가 죽고 슬픔에 겨워 내내 우셨던 어머니는 나를 방으로 불렀어. 아버지도 어두운 표정으로 앉아 계셨어. 두 분 모두 아무 말 없이 묵주를 돌리고 계셨어. 운명이 두 분께 내린 비극 앞에서 체념하고 계셨지. 무엇 때문에 부른 것인지 궁금하기도 해서 안절부절 못하면서 아버지와 멀지 않은 곳에 자리를 잡고 앉았어.

아버지는 기침하며 목을 가다듬고는 운을 띄웠어.

"암라우, 네 언니는 착한 딸이었다. 모든 면에서 말이다. 언니는 천국에 갈 거야, 인샬라. 어머니께서 용서하셨고, 네 언니의 남편은 그 어떤 것도 질책하지 않았으니 말이다."

나는 "당연하죠, 아빠!" 하고 대답했지. "저도 마찬가지예요. 저도 언니에게 뭐라 할 것이 아무것도 없어요. 언니는 항상 다정하고 현명했어요. 언니는 제 명예와 품위를 지켜줬어요."

어머니께서 중얼거리며 덧붙이셨어.

"알라께서 살펴주시고, 품 안에 맞아주시기를!"

그러고는 아버지가 말씀하셨지.

"아민! 내가 곰곰이 생각을 좀 해봤다! 며칠 내내 머릿속에 같은 생각이 맴돌아서, 네 어머니에게 조금 전 이야기를 했는데 전혀 반대하지 않았다. 반대하기는커녕 오히려 찬성이었지! 그렇게 네 어머니도 내 생각을 받아들였다. 알하드지 부바카리는 나무랄 데 없는 사위였다. 그런 사위를 잃는 건 우리에겐 크나큰 손실이라고 할

108

수 있어. 알하드지에게도 마찬가지일 거다. 내 사위이기 이전에 늘 나의 친구였으니까. 아니, 무슨 소리! 내 형제였지. 함께 할례도 하고 똑같은 고충을 겪어왔다. 우리 사이엔 크나큰 우정과 존경이 버티고 있지."

아버지는 기억을 더듬어보려는 듯이 말을 잠시 멈췄다가 마저 이어 나갔단다.

"암라우, 너도 현명하고 순종적인 딸이지. 언제나 자제할 줄도 알고, 또 너를 믿어도 된다고 생각한다. 너도 벌써 결혼할 나이가 되었고 말이야. 그러니 네가 언니의 자리를 대신해라! 언니의 아이들을 키우고, 언니가 했듯이 아이들을 보살펴줘라. 언니 방에 들어가 언니의 재산을 물려받아라. 일주일 뒤에 알하드지 부바카리와 결혼을 할 거다. 물론 축제나 다른 행사는 열지 않을 거야. 방학 때까지 기다려줄 수가 없어서 조금 아쉽구나. 그렇지만 넌 똑똑하고, 또 학교에서 배울 수 있었던 건 다 배웠으니까. 읽고 쓸 줄을 알잖니. 그 정도면 충분하고도 남는다. 여자가 있어야 할 곳은 뭐니 뭐니 해도 집안이다. 이게 내가 하려던 얘기다! 네가 아버지의 명예를 지키고 언니의 자리를 대신해주길 바란다."

나는 깜짝 놀라 아무 말도 못 했단다. 무슨 말을 할 수가 있었겠니? 그래, 결혼이라는 건, 당연한 얘기지만, 여자아이에겐 유일한 미래였단다. 부모님의 뜻을 거역하는 건 상상도 못 할 일이었지. 서아프리카 속담에서도 그렇게 얘기했거든. '손윗사람이 앉아 있다고 하면, 어린아이야, 설령 그 어른이 일어서 있더라도 쳐다보지 마라!'

아버지는 내게 남편을 골라주셨어. 아버지께서 높이 평가하고 존경하는 남자를 말이지. 나는 의젓한 딸로서 그저 아버지의 뜻을 따르는 수밖에 없었단다. 그렇게 생각을 정리할 만한 여유라고는 고작 일주일밖에 없었어. 우리 언니네 집안이 어떤지는 잘 알고 있었단다. 언니 말고 다른 아내들과 가까이 지내고, 또 그 사람들의 아이들과도 함께 놀았으니까. 언니 방에서 잠을 잔 적도 여러 번 있고, 언니 남편을 만날 때마다 예의를 갖춰 인사를 했었지. 일이 이렇게 흘러가다니, 운명의 아이러니지. 이제는 아내가 되어 인사를 하게 되었다니!

어머니는 이렇게 얘기하셨어. "언니를 뒤따라서, 언니의 아이들 곁에서 자리를 대신해라. 그 아이들에게 절대로 어머니의 빈자리가 느껴지지 않게 해. 또 네가 아이를 낳는 때가 오면, 절대 네 언니의 아이들이 피해를 본다고 느끼게 하지 마라."

아버지가 말씀을 보태셨지. "부바카리에게는 내 결정을 이미 전해뒀다. 대단히 감동하더구나. 모두가 힘든 시기를 보내는 가운데 이렇게 조율해서 모든 사람이 만족스러워하다니 기쁘다. 알라께서 고통받는 영혼을 굽어 살피시길. 고생 끝에 낙이 오나니!"

내 뺨을 타고 눈물이 흘러내렸어. 우리 어머니도 말없이 눈물을 홀리셨어. 아버지는 자리에서 일어서며 이렇게 말씀하실 뿐이었다.

"참아라, 인내해라! 신의 뜻을 거스를 수는 없는 법이야."

그렇게 해서 나는 결혼생활을 시작했지. 북소리도, 나팔 소리도 없이 말이야. 그저 언니가 쓰던 방으로 안내받은 게 전부였어. 언니가 쓰던 것을 전부 내게 주었지. 그리고 밤이 되자 남편 방으로 날 데려갔어. 아내 노릇을 하는 법도 어머니 노릇을 하는 법도 익힐 새가 없었어. 그렇지만 그런 건 어차피 따로 배우는 게 아니었어. 여자는 모름지기 아내로, 또 어머니로 태어나는 법이니까. 그래, 너도 이미 알고 있듯이, 네 오빠들은 네 의붓오빠고, 또 네 사촌이기도 하단다. 아니, 그저 모두 다 네 오빠들일 뿐이지. 내가 낳은 아이들과 똑같이 사랑하고 보살피고 길렀으니까. 나는 히다야 언니의 아이들 셋을 물려받았고, 언니의 찬장을 채운 그릇들도 물려받았고, 언니가 결혼할 때 아버지가 주셨던 가구도 물려받았고, 마지막으로는 언니의 남편뿐만 아니라 다른 아내들 셋도 물려받았지!

인내해라! 다들 툭하면 내게 이 말을 거듭했어. 아내들 사이의 다툼은 끝날 줄을 몰랐고, 싸움을 잠시 멈추는 것조차 불가능했지. 상대방 하나하나가 적을 무너뜨릴 틈을 호시탐탐 노리고 있었으니까. 그 모두에게서 나를 지키는 법을 익혔단다. 아내들이란 확실히 이름난 앙숙이기도 하지만, 교활한 처제들이고, 질투심 많은 남편 형제들의 아내이며, 남편의 자식들이기도 하고, 그 어머니요, 그 가족이기도 하지.

어느 순간부터 어머니의 뺨을 타고 눈물이 흘러 목소리가 떨려온다. 흐느낌을 겨우 억누르며 어머니는 말을 맺는다.

"여자의 길이란 고달프단다, 딸아. 아무 걱정 없는 순간은 잠깐이야. 여자한테는 젊은 시절이 없어. 즐거움도 거의 모르고 지내지. 행복은 우리가 일궈내야지만 느낄 수 있단다. 네 삶을 견딜 만하게 끔 만드는 건 네 몫이야. 네 삶을 받아들이는 법을 익힌다면 더 좋겠지. 바로 그게 이제껏 내가 해온 일이란다. 내 의무를 잘 받아들이고자 내 꿈을 짓밟았지."

어머니가 불렀던 네네 고모가 기척도 없이 방으로 들어섰다. 네네 고모는 어머니의 친구였고 두 사람은 서로를 잘 이해했다. 또, 어머니는 이렇게 치욕스러운 상황이 벌어졌을 때 시누이가 좋은 의논 상대가 될 것이라 기대했다. 멸시를 당하고 불행해진 딸을 보고 어머니는 가슴이 무너졌다. 그렇지만 이보다 더 나쁜 것은, 서슴없이 말을 보태며 그간 어머니가 힘겹게 쌓아 올린 가장 귀염받는 아내라는 이미지를 망치는, 다른 아내들에게는 자신의 불행이 기쁨을 주리라는 사실이었다.

네네 고모는 문을 열고 들어서자마자 놀라서 눈을 크게 떴고, 손으로 입을 막았다.

"힌두? 여기서 뭐 하는 거니? 아니 힌두가 왜 여기에 있는 거야? 나쁜 일이 생긴 거야?"

네네 고모는 어머니를 바라보며 물었다.

"그런 양아치 녀석을 남편이라 두고 있으니······. 어쩜 이렇게 불행한 일이, 신이시여! 힌두 아버지가 다른 사람들 모르게 다시 데려가라고 하네요. 힌두가 여기 있는 줄 아무도 모르게 말이에요. 아무도 알면 안 돼요, 특히 다른 아내들이 사주한 마녀들 귀에는 들어가면 안 돼요!"

"일리 있네! 일어나렴, 힌두! 네가 여기 있는 줄 알아채기 전에 당장 가자. 솔직히 말하자면, 딸아, 네가 과민하게 반응하는 거야. 어떤 상황이냐 그런 건 크게 상관없어. 어쨌든 밤까지 기다렸다가 나설 수도 있잖니. 창피한 일이다! 행동하기 전에 그게 어떤 결과를 불러일으킬지를 생각하렴!"

나는 화를 내면서도 무력하게 털어놓았다.

"무바락이 우리 방에 여자를 데리고 왔어요!"

"알라시여! 그놈은 풀라쿠라고는 전혀 없구만! 자기 아내한테 그런 짓을 하다니! 아니지, 자기 사촌한테 하다니 더 최악이지! 세상에, 이런 부끄러운 일이 있나! 대체 어쩌려고 그러는 거야?"

"켕기는 기색도 전혀 없어요. 알하드지가 제 얘기를 들으려고만 했어도! 그러면 이 결혼을 절대로 허락하지 않았을 텐데. 그 양아치 놈을 정말 죽여버리고 싶어요!"

"이런 문제는 힘으로 해결하는 게 아니야, 암라우. 내가 진즉에 너한테 팔짱만 끼고 있지 말라고 했었는데, 그런데도 넌 계속 나 몰라라 하기만 했지. 계속 그러고만 있다가는, 네 적들이 네 상황에 참견하는 데서 그치지 않고 네 자식들을 죄다 가만히 내버려두지 않을 거야! 내가 충고한 대로 원로를 찾아가 의논했더라면, 네가 딸을 보호했더라면, 또 딸의 남편이 딸을 사랑하도록 네가 조금만 노력했더라면 이런 일은 벌어지지 않았을 거야. 너무 순진했어, 암라우. 네 딸도 너랑 마찬가지고! 힌두야, 너는 네 어머니의 적들에게 빌미를 안겨준 거다. 어머니를 미워하는 사람들은 전부 다 어머니의 불행을 기뻐할 뿐이라고. 너는 우유를 담아둔 통을 활짝 열어서 파리를 신나게 한 셈이야!"

어머니가 물었다.

"어떻게 하죠, 네네? 말씀처럼 제가 게으름을 피운 건 아니에요. 제가 할 수 있는 선에서는 보호하려고 했지만, 저를 미워하는 사람이 너무 많았던 거예요. 그 모두를 상대로 저 혼자 무얼 할 수 있겠어요? 어디 가야 그 소문이 자자하다는 보호를 받을 수가 있죠? 네네는 도움이 될 만한 사람을 알고 있죠, 그렇죠?"

"주변 마을에 용한 원로가 있다는 소리를 들었어."

"이 일, 네네가 처리해보실 수 있겠어요?"

"내일 당장 해결할게, 인샬라. 그때까지는, 힌두야, 일어나렴. 내가 데려다줄게. 신중하게 처신하고, 무바락은 모른 체해라. 여자가 자기 집을 떠날 필요는 없어. 네 집에 있으면서도 네가 불만이 있다는 걸 남편에게 보여줄 방법은 있다. 뭔가를 얘기할 때 너를 욕보이는 건 남편이 아니라 바로 너라는 점도 알아두렴. 그리고 네가 하는 모든 행동이 어머니에게 돌아간다는 것도 이번을 마지막으로 다시 한 번 명심하렴."

무바락은 내가 빤히 보는 가운데 부부 침실로 정부를 데리고 와 관계를 맺었다. 그렇지만 잘못을 저지른 건 나다. 참을성이 없는 건 나다!

무바락은 우리 부부가 쓰는 집으로 정부를 데리고 왔다. 이건 내게 분명 저주를 걸었을 의붓어머니의 잘못이다. 나를 미워하는 시어머니의 잘못이며, 무바락을 홀린 그 여자의 잘못이며, 스스로를 보호할 줄도, 또 나를 보호할 줄도 몰랐던 우리 어머니의 잘못이다.

내일 당장 네네 고모가 이 일을 해결할 거다……

V

나를 무적으로 만들어줄 약초와, 내게 꽤나 부족한 듯한 매력을 만들어줄 가데와, 무바락이 내게 찰싹 붙어 있도록 그가 마실 차 안에 몰래 집어넣을 가루와, 마찬가지로 그렇게나 기적적이라는 온갖 물건들. 이게 네네 고모가 원로한테서 가져온 것들이다.

그렇지만 아무것도 먹히지 않는 것 같다! 아무것도 무바락의 나쁜 행동을 꺾지 못한다. 약초를 써도, 기도를 해도, 온순하게 굴어도, 거기다 아무리 참아도 택도 없다. 남편은 수많은 무용담을 쌓아가며 술을 마시고 마약을 하고 언제나 늦은 시간에 집에 돌아온다. 계속 나를 험하게 대하고, 저속하고 모욕적인 욕설을 쏟아붓는다. 무바락에게 얻어맞아 몸에 생겨난 멍, 상처, 어혈은 더는 셀 수도 없다—가족들이 단단히 모른 척하는 가운데 말이다.

무바락이 나를 때린다는 사실은 다들 알고 있지만, 이건 순리대로 일어나는 일이다. 남자가 아내를 혼내거나 욕하거나 내쫓는 건 자연스러운 일이다. 우리 아버지도, 백부들도, 이 규칙을 어기지 않는다. 언제가 되었건 간에, 다들 아내들을 때린 적이 있었다. 여자들이며 아이들, 일꾼들에게 서슴없이 악담을 퍼붓는다. 그러한데 내 경우라고 특별할 게 뭐가 있겠는가? 내 일을 두고 왈가왈부할 필요가 있겠는가?

어느 날, 아는 게 많은 여자가 내게 속삭인다. "그건 성스러운 권리예요. 아내가 복종하지 않으면 남자는 벌을 주고 때릴 권한이 있다고 코란에 쓰여 있어요. 하지만 그렇더라도 얼굴을 때리는 건 금물이죠." 멍이 든 내 눈을 보고 놀라 여자가 덧붙인 말이다.

어른이 갓 되자마자 내 허리가 굽어간다. 꼭 땅속으로 사라지거나 남들 눈에 띄지 않기를 무의식중에 바라기라도 하는 것 같다. 안색은 창백해지고, 피골이 맞닿도록 수척해진다. 옷 속에서 떠다니다시피 하며, 불안에 사로잡힌 채 끊임없이 서성인다. 불면증에 시달리며, 어둠 속에서 한없이 늘어져만 가는 밤에는 온갖 해로운 생각을 헤집으며 보낸다. 이른 아침, 새벽 기도 시간이나 되어야 조금이나마 쉴 수 있다. 이젠 더 이상 처음처럼 커다란 소유지 안의 리듬에 따라 지내지 못하고, 뒤바뀌는 무바락의 기분과 그보다 결코 덜 변덕스럽다고 할 수 없는 시어머니와 소유지 안 여자들의 기분에 맞춰 살아간다. 여자들끼리는 계속 붙어 지내서, 우리를 둘러싸고 있는 높은 벽이라든가 무사 백부가 입으라고 명령한 우중충하고 무거운 옷이 주는 느낌처럼, 마치 덫에 걸린 기분이 들 정도다. 여자들이 서로를 들볶지 않는 날은, 한술 더 뜨자면 꼭 우리 안에 갇힌 사자들처럼 돌아가며 서로를 물어뜯지 않는 날은 하루도 없다.

따분하기도 하지! 인생은 흘러가고, 하루하루가 똑같다. 음식을 만들거나 아이를 보는 것 말고는 할 일이 없다. 단조로워 지긋지긋할 지경이며, 그 단조로움이 아침부터 저녁까지, 저녁부터 아침까지 우리를 죽여 놓는다.

무바락은 신경질을 내며 지낸다. 일거리도 없고, 앞날에 대한 전망도 전혀 없기 때문이다. 무바락의 아버지는 무바락이 사업하는 데 단 1프랑도 주지 않겠다고 버티면서, 그를 무능하고 게으른 데다 구제불능인 양아치로 취급한다. 빈둥거리며 지내는 무바락은 그 어떤 일도 자기에겐 안 맞는다고 단정 지으며, 특히나 남의 일을 해주는 것을 질색한다. 사업을 시작하고는 싶지만, 알코올 중독에 빠져들면서부터는 백부 중 누군가가 도와줄 수도 있을 거란 희망도 죄다 사라졌다.

그래서 난 이미 무바락의 소유물이 되었다. 그는 차고 넘치는 분노와 자기 아버지를 향한 원망을 내게 푼다.

나는 더 이상 앓는 소리를 내지 않는다. 눈물이 날 때면, 밤을 틈타 내 방 깊숙이 숨어서 운다. 이젠 다른 사람들에게 아무런 기대도 없다. 도움도, 희망도 바라지 않는다. 체념한 채, 모두가 기대하는 대로 맞춘다. 속을 털어놓을 만한 사람도 없다. 소유지 안의 여자들 사이에는 암묵적인 규칙, 위선, 불신이 맹위를 떨친다.

나는 규칙을 어기지 않는다. 이기주의적으로 군다. 결코 잘 지내지 못하고, 그거야 남들도 마찬가지지만, 나는 나만 신경 쓴다. 잠 못 자는 밤은 늘어가고 잠이 부족해 두통이 생긴다. 의사가 처방해준 약도 먹고, 치료사가 추천해준 필터도 써봤지만, 아무것도 소용이 없다. 권태가 나를 갉아먹고, 무엇으로도 다스릴 수 없는 불안을 느낀다. 팔다리는 점점 더 근질거리고 경련이 일어나서 힘을 쓸 수가 없다. 이를 보고 감기 기운이라 생각한 주변 사람들은 몸을 따뜻하게 하고 누워 있으라고 권한다. 차츰 더 의기소침해지며 더러는 경련이 일어난다. 그럴 때면 목이 조여와 숨이 막힌다. 뱃속이 뒤틀리고, 죽음만이 유일한 탈출구처럼 느껴진다.

무바락이 여느 때처럼 술에 취해 성을 내며 돌아온 어느 날 저녁, 자정도 넘은 시각에 나더러 죽을 만들어 오라고 시킨다. 이렇게 늦은 시간에는 좋은 재료를 구할 수 없을 거란 생각에 걱정스러워 몸을 바삐 움직인다. 제정신이 아니다 보니 불을 피우지 못한다. 시간은 흘러가고, 남편을 만족시키지 못할까 봐 절망한다.

기다리다 지친 남편이 부엌으로 들어온다. 화덕에 아직 불도 안 피운 것을 보자 성을 낸다. 입을 씰룩이며 얼굴을 구긴다. 아주 잠깐 눈이 마주치고는, 아무 말도 없이 다시 안마당으로 나간다. 나는 정신없이 장작을 찾던 와중에 등을 매섭게 얻어맞고 재 위로 쓰러진다. 얼떨떨했지만 살아야겠다는 본능으로 맞서며, 무바락이 파라솔로 나를 세 번 더 때리고 수없이 발길질하며 매몰차게 덤벼드는 와중에도 얼굴을 감싼다.

"그 죽 얼른 만들지 않으면 내가 다시 와서 끝장낼 거야!"

무바락은 이렇게 윽박지르고는 자기 방으로 돌아간다.

얼굴은 붓고, 몸에는 멍이 가득하고, 팔다리가 덜덜 떨린다. 오줌 때문에 옷이 엉망이 됐다. 불을 피워야, 죽을 만들어야 한다. 손이 너무 떨려서 안 그래도 모자란 밀가루를 땅바닥에 엎지른다.

무바락은 금세 다시 온다. 희미한 빛을 받아 건장한 몸이 드러나고, 무시무시한 그림자가 문간에 선명히 드리운다. 침묵이 이어지고, 동요해서 숨을 몰아쉬는 가운데, 심장이 쿵쾅대는 것이 느껴진다. 이가 부닥치도록 떨며 애원한다.

"부탁이야, 지금 서두르고 있다고! 부탁이야……."

까맣게 그을린 벽이 있는 곳까지 뒷걸음질 치다가, 나머지 밀가루가 들어 있던 그릇까지 엎는다. 얼굴을 감싼 채, 갈라진 목소리로 말을 되풀이한다.

"서두르고 있어, 얼른 할 거야! 조금만 시간을 줘, 곧 있으면……."

"됐어, 힌두! 그 죽은 관둬. 이젠 안 먹고 싶어."

"불을 다시 피울 거야. 불을……."

두려움에 목이 조이고, 숨이 막히고, 숨을 쉴 수가 없다.

"얼른 할게! 서두를게."

무바락이 다가오자, 오늘 밤 벌써 두 번째로 두려워 떠는 와중에 쓰러지고 만다. 미지근한 액체가 이미 축축해진 옷을 적시고, 다리를 따라 흘러내려 와 먼지투성이 바닥에 자국을 남긴다. 머릿속이 텅 빈다. 맞을까 봐 무서워 몸을 움츠린다. 두려움에 떤다.

예상했던 것과는 반대로, 무서워하는 나를 보며 무바락은 마음을 가라앉히고는 한숨을 내쉰다.

나는 벽 속으로 사라지기라도 할 것처럼 또 뒷걸음질 치고는 다시 말한다.

"죽 만들게. 얼른 만들게."

"이리 와."

무바락은 내 손을 잡고 방 안으로 데리고 간다. 나를 딱하게 여기는 것 같다.

"힌두, 가서 샤워해. 기다리고 있을게."

무바락은 이렇게 시키고는 문을 굳게 잠근다.

나는 무서움의 극치에 이른 채 말한다.

"죽 만들게."

무바락은 했던 말을 되풀이한다.

"가서 샤워해."

그러고는 여전히 떨고 있는 나를 보더니 욕실로 밀어 넣으면서 이렇게 덧붙인다.

"끝났어. 이젠 안 때릴게. 가서 씻어."

샤워를 하면서 꼭 고통을 씻어내기라도 하려는 것처럼 상처 난 몸 위로 물이 흐르게 내버려둔다. 다시금 무바락의 화를 돋울까 봐 두려워 흐느낌을 참아보지만, 멈추기가 어렵다. 결국은 덜덜 떨며 욕실에서 나온다.

곁에 눕자, 무바락은 나를 위로하는 척하며 강간한다. 자기가 때리는 건 내가 잘못했기 때문이라고, 내가 꼭 자기를 열받게 한다는 말도 빼먹지 않고 되풀이한다. 이제부터는 좀 더 제대로 하라고 두둔하면서, 이번엔 용서해주겠다고 덧붙인다. 하품을 하며 말을 맺는다.

"더는 신경 쓰지 마. 네가 나 때문에 진짜로 겁먹었다는 거 알았으니까. 이젠 안 때릴게. 그냥 오늘 밤에는 진짜 신경질이 나서 그랬던 거야. 이젠 다 지난 일이야! 잘 자, 여보! 사랑해. 네가 어떻게 생각할지는 모르지만."

나는 눈을 감을 수가 없다. 옆에서는 남편이 무심하게 자기 팔을 내 몸에 걸쳐놓은 채 편하게 잠들어 있다. 얻어맞아서 아픈 등과 목이 점점 더 욱신거린다. 오늘 밤, 내가 어떤 위험에 처해 있는지를 똑똑히 자각했다. 계속 무바락을 대하다가는, 가만히 참고 견디다

가는, 무바락이 나를 죽이고 말 거다. 폭력을 휘두른 다음 다정하게 대하는 건 나도 이미 잘 아는 시나리오다. 더 이상은 여기에 속아 넘어가지 않는다. 늘 이런 식일 거다. 나를 때리고, 뉘우치는 척을 하고, 앞으론 안 때리겠다고 약속하겠지……. 다음에 또 때리기 전까지만. 잘 알고 있다.

무바락은 바뀌지 않을 거다. 힘들다고 얘기할 수는 있을 테지만, 사람들은 그저 참으라고만 할 거다. 조금만 더 참으라면서. '참는 자는 후회가 없는 법'이라고들 거듭 얘기한다. 그러다 내게 나쁜 일이 일어난다 한들, 그건 그저 알라의 뜻이라고만 하겠지.

동이 트기 전, 마음을 먹었다. 몸은 아프지만 자리에서 일어나 조용히 방을 나서고는, 조심스레 문을 닫는다. 아직은 밤이다. 무에친 muezzin(이슬람교에서 기도 시간을 알리는 역할을 하는 사람—옮긴이)은 조금 전 기도를 하라며 첫 번째 호출을 했다. 자울레루를 보니, 경비원이 코를 요란하게 골며 깊은 잠에 빠져 있다. 검은 외투를 걸치고는, 다른 것은 더 챙기지 않은 채, 뒷문을 조용히 열고 캄캄한 밤 속으로 흘러 들어간다.

뚜렷한 계획은 없다. 어디로 갈지도 모른다. 그저 내가 머물러서는 안 되는 곳이 어딘지만 알 뿐이다. 어머니도, 아버지도, 백부들도, 딱히 도움이 되진 않을 것이다. 친구도 없다. 돈도 충분치 않다.

몸을 피해 있을 만한 곳도 없다. 그렇지만 응당 이렇게 해야만 한다. 최대한 빨리 떠난다. 여기서 먼 곳으로, 이 모든 것에서 먼 곳으로, 날이 밝기 전에, 무바락과 나 사이에, 이 소유지와 나 사이에 최대한 거리를 벌려두어야 한다.

VI

아버지는 소파에서 벌떡 일어난다. 화가 나서 나를 책망하며 손가락질을 한다.

"사실대로 말해라, 당장. 나한테 거짓말할 생각은 아니겠지, 가증스러운 것 같으니. 네가 가자와에 갔던 거 알고 있다! 가자와에 누굴 알고 있는 거지? 남자냐, 그런 거냐? 그래, 내 딸한테 애인이 있나보구나!"

"아니에요, 아빠! 그저……."

"어머니가 그랬구나! 어머니가 데려간 거냐?"

아버지가 호통을 친다.

"아니에요."

"그래, 알겠다! 다들 나한테 사실대로 털어놓게 해주지."

아버지는 화가 나서 부들거리며 말한다.

아버지가 걷잡을 수 없이 화를 내는 것은 이미 본 적이 있지만, 이렇게 험상궂은 모습은 처음이다. 어찌나 격분했는지, 내가 설명을 할 만한 여지도, 무바락이 나한테 한 짓을 전부 말할 만한 틈도 없다.

"죽여버릴 테다!"

내가 자취를 감춘 뒤, 우리 가족은 며칠 동안 나를 찾아다녔다. 그러다 아주 우연히, 내가 마루아 근처에 있는 마을인 가자와에 있다는 걸 알아냈다.

특정한 행선지를 정해두지 않고 우리 부부가 사는 집을 버리고 떠났던 날, 내가 자취를 감춘 것이 나에게라든지 나머지 가족에게 어떤 결과를 불러일으킬지는 거의 상상조차 못 했다. 머릿속에 아무런 계획도 없던 나는 가장 먼저 오는 버스를 탔다. 작은 마을의 골목으로 접어들어, 더는 아무런 의문도 품지 않은 채로 가장 먼저 보이는 소유지로 들어갔다. 한 달 동안 주인 가족과 일상을 함께했다. 시골에 사는 이 가족 중 아내인 제바는 친절하고 상냥했고, 친근하게 대하며 날 지켜주었다. 내가 곤란해할 만한 질문은 하지 않으며, 내 상처를 치료해주고, 약초 껍질을 달여서 마시라며 격려해주었다. 제바와 가족들이 관심을 기울여준 덕분에 잠시나마 시련을 잊었다. 이 가족이 풀라쿠를 통해 보여준 놀라운 환대는 환영받는다는 기분을 안겨주었다. 내가 바라는 한 이곳에 머물 수 있다는 걸 알았고, 그동안은 나도 이 집안의 일원이었다.

그러는 사이 우리 가족들은 내게 무슨 일이 일어났는지 알아내려했다. 무바락은 그저 단순한 말다툼이 벌어졌다는 것만 떠올렸다.

가족이 총동원되어 나를 찾아다녔다. 걱정부터 분노까지 다 함께 느끼며 모두 단서가 될 만한 정보라면 무엇이든 수소문했다……. 그러다 어느 친구 하나가 전해 들은 내 모습과 닮은 여자와 함께 가자와에서 차를 탄 적이 있다는 사실을 떠올렸다. 네네 고모가, 그리고 뒤이어 유구다 백부가 나의 새로운 삶에 끼어들면서 실종 사건은 막을 내렸다.

백부는 나를 마누 밀리타리 집으로 데려가 거실에 앉아 있으라고 하고는, 고모가 삼엄하게 감시하는 가운데 우리 아버지가 시장에서 돌아올 때까지 기다리라고 시켰다. 나를 만나러 온 어머니는 오랫동안 나를 품에 껴안았다. 얼굴에는 혈색이 사라졌고, 초췌한 모습이었다. 여윈 탓에 윗옷이 몸에서 겉돌 정도였다. 서른다섯 나이인데도 걱정에 시달린 나머지 한 달 사이에 십 년은 늙은 것 같았다. 아버지는 어머니의 괴로움은 알은체도 안 하며 어머니를 연신 괴롭혔고, 내가 반항한 원인을 직접 제공한 것은 어머니라며 몰아붙였다.

"아! 힌두야, 어떻게 지낸 거야? 이 엄마가 딱하지도 않았니?"

나는 눈물을 터뜨렸다.

"그날 밤 무바락이 세게 때렸어요. 정말 무서웠지만, 부모님 집으로 오면 곧바로 다시 데려갈 거로 생각했어요."

이렇게 내 행동을 정당화했다.

네네 고모가 엄하게 말했다.

"당연히 다시 데려갔겠지. 남편에게 맞은 여자는 네가 처음도 아니고, 마지막도 아니야. 그게 그렇게 자취를 감출 만한 이유는 못 된다. 해결책은 분명 찾을 수 있었을 거다. 너는 바람 부는 대로 굴러다니는 낙엽이 아니야. 너를 지켜줄 가족이 있잖니."

"그렇지만 그냥 참으라고만 얘기하셨을 거잖아요."

"그야 당연하지. 인내는 신께서 내리신 명령이니까. 가장 먼저 내놓는 대답이지. 모든 일의 해결책이고."

"언젠가 한 번은 남편이 저를 죽일 듯이 때렸어요. 그래서 정신을 잃고 카나리canari 위로 쓰러졌죠. 물을 신선하게 보관해두는 그 단지 위로 말이에요. 그 바람에 단지가 깨져서 팔이 깊이 베었어요. 무바락은 신경도 안 쓰고 집을 나서서는 이른 아침에서야 돌아왔어요. 저는 한밤중이 되어서야 정신을 차렸는데, 머리카락에는 개미가 잔뜩 지나다니고, 몸은 불타는 것 같고, 옷은 말라붙은 피로 지저분해져 있었죠. 그때 고모한테 연락해서 무슨 일이 있었는지 털어놓았어요. 고모는 그저 조금 더 참으라고만 하셨죠. 시어머니에게도 이 일을 얘기했지만, 역시나 참으라고만 그랬어요."

네네 고모는 대수롭지 않다는 태도로 물었다.

"그런 이유로 집을 떠나기로 했던 거냐? 대단하네, 아주 멋진 해결책을 찾아내셨어!"

나는 아무 말도 하지 않았지만, 등이 보이도록 윗도리를 걷어 올려 아직까지 남아 있는 커다란 피멍을 드러냈다. 시간이 흘러 색은 한층 더 짙어져 있었고, 어머니는 경악하며 비명을 질렀다.

"아! 힌두야, 대체 어떻게 이런 짓을 한 거니? 왜 엄마한테 아무 말도 안 했어?"

고모는 차갑게 말했다.

"네가 대체 무슨 짓을 했기에 무바락이 그 정도로 성을 내며 때린 거냐? 알라께서 우리를 지켜주시길. 솔직히 말해서 너나 네 남편이나 거기서 거기다. 너희 일에 굳이 끼어들고 싶지 않아."

나는 흐느끼며 울부짖었다.

"더 이상 참기 싫어요. 지긋지긋해요. 견디는 것도 지겹고, 참아 보려고 했는데 참을 수가 없어요. 참으라는 소리는 더 이상 듣기 싫어요. 저더러 인내하라는 소리 하지 마세요! 그 말은 정말 듣기 싫어요!"

내가 한층 더 격하게 흐느끼자 어머니가 위로하며 덧붙였다.

"네가 너무 많이 참았구나, 힌두야. 어쩌면 네가 참아야 하는 것보다 더 많이 참았어."

네네 고모는 어머니를 향해 건조하게 말을 맺었다.

"남편한테는 네가 직접 설명해야 할 거다, 암라우!"

그리고 지금, 나는 격분한 아버지를 마주하고 있다. 내게는 말할 틈도 주지 않는다.

"자, 그래. 가자와에는 누굴 만나러 갔던 거냐? 대답하기 싫은 거냐, 응? 마님께서는 스스로 다 컸다고 생각하시는 모양인데. 하고 싶은 건 다 할 수 있다고 말이지?"

가족 안에서 큰일이 벌어진 탓에 온 식구들이 모였다. 형제들은 안마당에 보여 앉아 어떤 얘기가 오가는지 들으려고 귀를 기울인다. 원로들은 얘기를 들으려고 창가에 찰싹 붙어 있다. 우리 아버지는 내 남편도 소집했다. 무바락은 베란다에 있는 의자에 앉아 기다리고 있다. 남편도 딱히 나보다 편해 보이지는 않는다. 손톱만 물어뜯고 있다. 잠깐 서로 눈이 마주치자, 남편이 눈길을 떨군다.

하야투와 유구다 백부도 굳은 얼굴로 거실에 앉아 있고, 나와 마찬가지로 추궁당하는 처지인 어머니는 카펫 위에 쭈그리고 앉아 완강하게 성을 내는 아버지를 마주하고 있다.

아버지가 으름장을 놓는다.

"이제는 좀 대답할 생각이 드냐?"

나는 두려움에 가득 차서 웅얼거린다.

"죄송해요."

"죄송하다고?"

아버지는 정신 나간 사람처럼 자기 방으로 들어갔다가, 기다란 채찍을 가지고 나와 내 어깨를 후려친다. 채찍은 바람을 가르며 묵직하게 나를 때린다. 오늘 아침부터 숨통을 조여오던 불안감이 진짜 두려움으로 탈바꿈한다. 아버지가 평정심을 잃는 바람에 고삐 풀린 듯이 벌어지는 폭력에서 나를 보호할 만한 곳을 찾아 헤맨다.

"사실대로 말해야 할 거다! 어떤 남자 집에 갔던 거냐? 언제부터 붙어먹던 녀석이냐?"

"맹세해요, 아빠, 저 아무 짓도 안 했어요! 무바락이 절 때려서 집을 나갔던 거예요."

"헤픈 것 같으니. 어떤 놈이랑 있었는지 당장 자백해야 할 거다. 남편이 너를 때려서 다른 놈을 찾으러 갔던 거지, 그런 거냐?"

가죽 채찍이 내가 입고 있는 옷을 찢으며 살갗에 상처를 낸다. 무바락과 백부들은 이 채찍질을 무덤덤하게 바라본다.

이만하면 충분히 벌을 줬다고 생각했는지 아버지는 어머니에게 화를 돌린다. 어머니는 움직이지도 않고, 울지도 않고, 눈 하나 깜박거리는 법 없이 매질을 의연하게 받아들인다. 오로지 눈물이 가득한 어머니의 눈만이 평소보다 유독 빛을 낼 뿐이다. 어머니는 채찍질을 피하지도 않는다. 어머니는 꿈쩍도 안 하며, 마음 깊은 곳을 건드리는 묵직한 분노에 어울리는 도전적인 태도로 아버지를 빤히 쳐다본다. 집안사람들 모두가 숨을 멈춘다. 그때 유구다 백부가 자기 자리를 지킨 채 말을 끊는다.

"그만하면 됐다! 자식 앞에서 때리지 마!"

아버지는 마지막으로 발길질을 한 번 하고는, 채찍을 내려놓고, 땀이 흐르는 얼굴을 문지르고는, 물을 한 모금 들이킨다. 여전히 성을 내며 어머니에게 말한다.

"넌 아무짝에도 쓸모가 없어! 내쫓을 테다."

하야투 백부가 재빨리 말을 끊는다.

"아냐! 내쫓지 마. 본인 잘못이 아니잖아."

"자기 자식을 망친 게 이 여자잖아. 온갖 변덕을 오냐오냐해준 게 이 여자라고! 분명 전부 다 알고 있었을 거야."

"이미 혼은 냈잖아. 다 알아들었어. 인내하라는 얘기. 참으라는 소리."

어머니가 항변한다.

"난 몰랐던 일이야. 알라께서는 알고 계신다고. 그렇지만, 원한다면 나를 내쫓도록 해. 설령 내쫓지 않더라도 내 발로 나갈 거야. 나도 지쳤어. 나도 이미 너무 많이 견디고, 너무 많이 참았어."

유구다 백부가 말을 자른다.

"암라우, 그 입 다물고 네 집으로 돌아가라. 너는 어느 데도 안 갈 거고, 내쫓기지도 않을 거야. 참을성 있게 굴어야지! 인생은 참는 것이야. 아무리 참아도 부족하지. 참는 자는 결코 후회할 일이 없으며, 알라만큼 참을성 있는 사람은 없는 법이지. 부모가 되면 받아들여야 하는 거야. 너도 마찬가지다, 부바카리, 참아라."

아버지는 마음을 가라앉혔다. 아버지는 체면은 체면대로 지키고, 가장 아끼는 아내와 화해를 할 수 있어 안도했다. 다시 자리에 앉고는, 주의를 기울이며 다정한 목소리로 덧붙인다.

"네 집으로 돌아가도 된다."

어머니는 나도 아버지도 쳐다보지 않은 채, 말 한 마디 없이 자리에서 일어나, 베일을 다시 추스르고는 고고한 태도로 방을 떠난다. 어머니를 잘 알고 있는 나는, 어머니가 오로지 자존심 때문에라도 집을 떠나리라는 걸 알고 있다. 그리고 늘 그랬듯 아버지가 어머니를 다시 집으로 돌아오게 할 거라는 사실도 잘 알고 있다. 약속이며 값진 선물을 활용해, 어머니를 데려오는 데 필요한 온갖 설득을 동원해서 말이다.

하야투 백부가 엄중한 목소리로 무바라클 부른다.

"너도 마찬가지다. 내가 네 행실을 다 지켜보고 있다. 주의해라, 무바라크! 양아치처럼 굴어봐야 너한테 좋을 거 하나 없다. 네가 아내한테 함부로 대하고, 마약을 하고, 술을 마시고 다닌다는 걸 다들 알게 됐다. 상식에 어긋나는 일이지. 네 아내라는 걸 차치하더라도, 어찌 됐든 힌두는 네 사촌인 셈이고 네가 지켜줘야 한다. 네가 아내를 때렸다는 소식을 듣는 일은 이번이 마지막이었으면 좋겠다. 모르는 사람과 결혼하면, 신경을 써야 한다. 가족 중에 누군가와 결혼을 하면, 그보다 두 배는 더 신경을 써야 한다. 너는 가족을 갈라 세우기라도 하려는 거냐, 뭐냐? 너는 결코 결백하지 않다."

"그럼요, 백부님. 잘 알고, 인지하고 있습니다."

아버지는 거친 말을 내뱉는다.

"너더러 함부로 대하라고 내 딸을 준 것은 아니다, 무바락. 만약에 내 딸을 더 이상 원치 않으면, 그냥 나한테 다시 돌려보내라."

"죄송합니다, 백부님. 이제는 함부로 대하지 않겠습니다, 왈라히 wallahi, 알라의 이름으로 맹세합니다. 당연히 전 아내를 사랑하죠. 아내랑 같이 있어서 정말 행복하고요. 진심으로 뉘우치고 있습니다."

아버지는 완고하게 한 마디 덧붙인다.

"어떤 경우든 간에, 확실히 경고했다. 이번이 마지막 기회야."

하야투 백부가 나를 향해 말한다.

"이번 일은 완전히 묻어두겠다, 힌두. 우리가 이렇게 엄격하게 구는 건 인생의 이런저런 비열한 술수에서 널 보호하기 위해서라는 걸 알아둬라. 그렇게 하는 건 네가 우리 딸이고, 또 우리가 널 챙기기 때문이다. 너를 아끼는 사람이어야만 널 다그칠 수도 있는 법이다. 남들은 네가 일탈하는 것을 보고도 무심할 거야. 이제부터는 착실하게 처신하고, 남편을 존경하고, 너와 가족의 명예를 지켰으면 좋겠구나. 남편이 한 번 더 때리거든 나한테 와서 얘기해라. 남편이 널 힘들게 하면 망설이지 말고 나한테 알려라. 확실한 해결책을 찾아보마. 네 아버지가 얘기한 것 이해했겠지. 남편이 네게 무슨 짓을 하면, 우리 말고는 널 지켜줄 사람이 없다. 너 혼자서 해결책을 찾을 게 아니야. 무바락, 이제 넌 아내를 데리고 집으로 바래다줘라. 다시 말하지만, 이 모든 건 네 잘못이야. 종일 아무것도 안 하고 있다가 밤늦게 들어와서 아내를 괴롭히잖아. 내일 내 사무실로 와라. 이제 는 정말로 네가 책임을 져야 할 때야."

아버지는 이미 전화를 붙들고 정신없이 뭔가를 얘기하면서 다른 일을 처리하고 있었다. 그렇게 나는 아무 말 없이 무바락을 따라갔 다. 내 방에 들어서자 온 힘을 다해 흐느꼈고, 무바락은 문을 조심스 레 닫는 것이 고작이었다. 몇 분 뒤 무바락이 돌아와 내 상처를 치료 하고는 알약 몇 개를 건넸다. 무슨 약인지도 모른 채 나는 약을 삼켰 고, 조금 뒤 침대 위에 웅크리고 잠이 들었다. 간간이 비어져 나오는 신음만이 적막을 깼다. 아무 말도 꺼내지 않았다. 다시 평소와 같은 생활이 시작됐다.

이제 결혼한 지 일 년이 되었다. 그리고 난 임신을 했다. 강간을 당하고 가자와로 도망갔던 날 밤, 내 뱃속에 새로운 생명이 자리를 잡았다. 나의 시름이며 고통, 아버지의 매서운 호통도 이 아이가 뱃 속에서 자라는 것을 꺾지 못했다. 살려고 굳게 작정한 것 같았다.

VII

나는 변했다. 사람들은 내가 아프다고들 한다. 어쩌면 정말일지도 모른다. 난 잘 모르겠다. 그런 걸 생각하기엔 너무 지쳤다. 아홉 달 동안 임신과 함께 우울감도 겪었다. 폭력을 겪으면서 진이 다 빠졌다. 자그마한 소리만 들려도 소스라친다. 속이 더 이상 편치 않다. 근심은 마치 공처럼 목구멍 끄트머리를 턱 막고 있다. 처음에 느꼈던 슬픔은 무언증과 우울증에 자리를 내주었다. 더 이상 말도 않고, 방에서 나가지도 않고, 늘 커튼을 쳐두고 지낸다. 기운이 하나도 없다. 조금은 차분해진 무바락이 친절하게 대해주는데도 아무 감흥이 없다. 임신이 버겁다. 구역질도 견딜 수가 없다. 식욕부진에 걸려 이젠 거의 먹지도 않는다.

나는 변했다. 이제는 목소리가 들린다. 임신한 날부터 들리기 시작했다. 임신 7개월 차가 끝나갈 무렵, 내가 극도로 쇠약해지는 바람에 네네 고모가 우리 집에 찾아와 머무르며 나를 데리고 산부인과에

갔다. 진통은 점점 더 거세져서 아랫배를 꽉 죄었다. 출산을 기다리며 침대에 앉아 있었다. 곁에서는 고모가 마지막으로 충고를 내뱉었다.

"참아라, 인내해라, 힌두야! 이미 얘기했지. 서아프리카 사람은 자고로 출산할 때 울지 않는 법이다. 힘들다고 투덜거리지도 않고. 잊지 마라. 매 순간 자제하고 모든 걸 다 잡아야 한다. 울지 말고, 소리 지르지 말고, 말도 하지 마라! 처음 출산할 때 울면, 다음에도 계속 울게 될 거다. 소리를 지르면 네 체면은 땅에 떨어질 거다. 온 동네에 네가 겁쟁이라고 퍼뜨릴 사람이 늘 있게 마련이니까. 이를 꽉 악물되, 입술은 깨물지 마라. 입술을 깨물면, 그랬다가는 무시무시한 고통이 입술까지도 파고들 거야. 미처 생각할 새도 없이 말이다. 고통 속에서 자식을 낳는 게 알라의 뜻이지만, 자식은 값을 매길 수 없이 소중하다. 참아라! 바로 이 고통 때문에 출산을 곧 여자들의 성전聖戰이라고 하는 것이야. 그 덕에 우리가 생을 마감할 때 곧장 천국에 가는 거란다. 그래서 자식은 항상 자기 어머니한테 빚을 지고 있는 거야."

고모의 목소리 속에서 아버지의 목소리가 들렸다. 똑같은 말을 내뱉을 때마다 고모와 아버지의 목소리가 겹쳐졌다. 인내, 인내해라! 참아라.

난 울지 않았다. 소리를 지르지도 않았고, 눈물을 흘리지도 않았다. 고모가 전통에 따라 펄펄 끓는 물로 나를 목욕시키고, 최대한 빨리 회복하도록 도와준다며 끓는 물로 기운을 불어넣는 마사지를 했을 때도 불평하지 않았다.

"인내해라! 내가 일러줬던 대로 말이야, 힌두야! 갓 출산한 산모가 몸을 제대로 씻지 않으면 그 길로 곧장 불치병에 걸린단다. 산모의 몸은 섬세하고 연약해. 마사지를 하고 끓는 물로 목욕을 해야 한다. 뜨거운 물이 아니라 끓는 물로 말이야. 물을 꼭 끓여야 한다. 그리고 죽도 먹고, 뜨거운 수프도 먹고, 고기와 우유를 많이 먹어야 한다."

나는 아무 말 없이 잠자코 흘러가는 대로 지냈다. 고모는 무심한 내 모습에 놀랐다. 갓난아기를 보고도 난 아무 감흥이 없었다.

여자아이다. 예쁜 것 같고, 나를 닮은 것 같다. 자기가 했던 행동을 만회하고자 무바락은 아이에게 내 어머니 이름을 지어줬다. 참으로 사려 깊은 사위다!

나는 변했다. 사람들은 내가 정신이 나갔다고들 한다. 못된 공기의 정령이 나한테 씌었다고들 한다. 흔한 일이다, 출산한 여자는 몸이 약하고 허하니까. 나쁜 귀신이 덤벼들 수밖에 없다. 이미 다들 그런 줄 알았다! 우리 가족은 걱정하기 시작했다.

나는 변했다. 나는 아프지 않다. 다른 사람들이 아무것도 아닌 걸로 불안해하는 거다. 난 그저 답답할 뿐이다. 왜들 내가 숨을 쉬지 못하게 막는 걸까? 어두침침한 이 방 안에서 난 숨이 막힌다. 사람들은 내가 미쳤다고들 한다. 그 말을 들으면 조금 걱정이 된다. 정말일까? 주변에 있는 모든 사람이 날 불안하게 만든다. 따져 묻는 듯한 그 눈빛들이. 사람들은 내 상태를 놓고 점점 더 확신을 품는다. 내가 두려움에 휩싸였다고, 확신에 가득 차서 그렇게들 지껄인다. 걱정스럽다. 내가 변한 걸까? 내가 미쳤다고들 그러는데! 확성기가 온 집 안에 코란을 내보낸다. 시끄럽다. 지나칠 만큼. 그 소리에 머리가 윙윙댄다. 너무 많은 사람이 한꺼번에 떠든다. 그 틈바구니에서 내 목소리가 들릴 수 있도록 소리를 지른다. 뇌를 두들기는 이 시끄러운 소리를 멈추려고 나는 울부짖는다. 사람들은 나를 서글프게 쳐다본다. 정말로 나한테 귀신이 씐 모양이다! 지금 이건 소음이 아니라, 그저 성서를 낭독하는 것일 따름이니 말이다.

사람들은 내가 미쳤다고, 내가 변했다고들 한다. 고모나 어머니한테 가까이서 감시를 당한 채 이 방 안에 머무른 게 얼마나 됐지? 내 머리 위에서 원로들이 기도를 몇 번이나 읊었지? 내게 성수를 몇 리터나 부었으며, 그걸 또 삼키라고 시켰지? 또, 가데 뿌리를 달인 탕약을 몇 리터나 마시라고 했지? 몇 킬로그램이나 되는 향초를 태워서 연기를 들이마시라고 했지?

숨이 막히는 것 같다. 공기를 찾아보지만 소용없고, 숨을 못 쉴 것만 같다. 주위에는 유령들만 보이는 것 같다. 더 이상 서 있지 못할 것 같다. 더는 어떤 소식도 머릿속에 들어오지 않을 것 같다. 나는 존재하지 않은 채 존재한다.

또 입을 열 수도 없지만 소리를 지르고 싶고, 눈물을 흘릴 수도 없지만 울고 싶고, 결코 일어날 수도 없지만 잠이 들고 싶다.

사람들은 내가 아프다고, 돌아다녀서는 안 된다고 한다. 심지어는 위험해졌다고도 한다. 나를 사로잡은 공기의 정령은 분명 남자일 거다. 더 이상은 내 남편의 눈길도, 하물며 그보다는 드물지만 아버지나 백부들의 눈길도 견딜 수가 없으니까. 이 정령은 나를 사랑하게 된 게 틀림없다! 어쩌면 내가 더 어렸을 적에 내 몸에 들어왔을지도 모른다고들 얘기한다. 조부모님 댁에 찾아갔을 때 그런 게 분명하다며. 그 집에는 커다란 바오밥 나무가 있었으니까 말이다. 바오밥 나무는 공기의 정령이 사는 곳이라고들 하니까!

사람들은 내가 미쳤다고 확신한다. 나를 붙들어놓기 시작한다. 내가 도망가려고 하는 것 같다면서. 그렇지 않다. 난 그저 숨을 쉬고 싶을 따름이다. 대체 왜 숨을 못 쉬게 막는 거지? 햇빛을 못 보게 막는 거지? 대체 왜 산소를 빼앗아가는 거지? 나는 미치지 않았다. 내가 안 먹긴 하지만, 그건 목구멍 깊숙이 걸려 있는 공 때문에 그런 것이고, 뱃속이 꽉 매여서 이젠 물 한 방울도 들어갈 수 없는 지경이기 때문이다. 나는 미치지 않았다. 목소리가 들려오긴 하지만, 그건 공기의 정령 소리가 아니다. 그저 우리 아버지 목소리다. 남편과 백부의 목소리다. 온 집안 남자들의 목소리다. 인내, 인내해라! 참아라! 당신들한테는 이 소리가 안 들리는 거야? 난 미친 게 아니라고! 옷을 풀어 헤치긴 하지만, 그건 땅에서 산소를 더 잘 빨아들이려고 그러는 거다. 꽃향기를 맡고, 맨 살갗에 닿는 신선한 바람결을 잘 느끼려고 그러는 거다. 겹겹의 옷 때문에 이미 머리부터 발끝까지 숨이 막혔다. 발끝부터 머리끝까지.

아니, 난 미치지 않았다. 당신들은 대체 왜 내가 숨을 못 쉬게 막는 거지? 당신들은 대체 왜 내가 살지 못하게 막는 거지?

사피라

I

"참아라, 인내해라, 사피라! 아무도 네 감정을 넘겨짚도록 해서는 안된다는 걸 기억해라. 네 근심이며 분노, 화를 아무도 알지 못하게 해야 한다. 잊지 마라. 스스로를 다잡아라! 냉철해지는 거야! 참아라!"

눈물을 참는다. 눈물이 흐르지 못하게 하늘을 바라본다. 고모가다시 말을 이어간다.

"모든 여자가 너를 뜯어 살필 거다. 네가 절망하거나 적개심을 드러내는 순간을 포착하려고 두 눈을 부릅뜨고 있을 거고. 분명 네가 기운이 빠지는 순간만 기다리고 있을 거다. 그 순간 모든 게 웃음거리가 될 거야. 네가 괴로운 티를 내기만 하면 여자들은 신이 나서비아냥거릴 거다. 단 한 순간이라도 힘이 빠지는 즉시 다른 아내들이 두고두고 찍어 누를 거야. 여자에게는 다른 여자만큼 최악의 적은 없는 법이다! 절대로 널 나쁘게 얘기할 만한 틈을 주지 마라. 자제하고, 마음 굳게 먹고, 약해지지 마라."

어머니의 친구가 말을 보탰다.

"인내해라! 우리가 참으라고 하는 건 다 이유가 있어서 하는 말이다. 이유가 있는 이상, 의연하게 굴어라. 사피라, 아무도 네가 슬픈 줄을 알아서는 안 된다. 질투는 부끄러운 감정이야. 그런 수치스러운 감정을 느끼기엔 넌 너무 고결하잖니, 안 그러니?"

남편이 새로운 아내를 들였다.

"너그러운 행동으로, 곁에서 기쁘게 해주면서, 맛있는 음식으로 남편을 사로잡아라. 어떤 여자도 널 뛰어넘을 수 없다는 걸 보여줘라. 일부다처제의 좋은 점은 남편의 사랑을, 또 네가 남편에게 얼마나 가치가 있는지를 시험해볼 수 있다는 거야. 너는 첫째 아내다. 뒤이어 들어오는 다른 아내들은 절대 너만큼 소중하지 않아. 네가 겪었던 건 어느 누구도 똑같이 겪을 수 없을 거다. 어느 누구도 네가 낳았던 아이들 같은 자식을 낳아줄 수 없을 거야. 너는 특권을 누리고 있고, 앞으로도 쭉 그럴 거다. 첫 번째 아내니까! 다다사레니까! 물론 이제는 남편을 다른 아내와 공유하게 되겠지. 그렇지만 남자란 결코 한 여자에게 속할 수 없는 것 아니겠니?"

조금 전부터 요란법석한 소리가 울리는 커다란 소유지 안으로 날카로운 경적 소리가 파고든다. 알하드지 이사와 새로운 아내를 향한 찬가를 부르는 그리오들의 북과 나팔 소리가 들린다. 여자들이 지르는 환호 소리가 잔뜩 울려 퍼진다. 어린 신부의 측근들은 힘차고 강렬하게 득의양양한 도착을 알린다.

눈물을 삼키고 벌떡 일어선다. 나만큼 기가 눌려 있는 친한 친구 할리마가 속삭인다.

"어디 가니, 사피라?"

"화장실에 좀."

"스스로를 다잡아. 쉽지 않다는 건 알지만, 견뎌야지. 내가 도와줄게."

거울 속에서는 으스대는 듯한 화장 아래로 창백한 얼굴이 보인다. 눈에는 진한 아이섀도, 어두운 아이라이너와 마스카라를 발랐고, 입술에는 선명한 립스틱을 칠했다. 고개를 수그리고 세면대에 기대어, 태연한 척을 해보려 마지막으로 애써본다. 울면 안 된다. 가장 꽁꽁 감춰둔 유약한 마음마저도 눈에는 드러나게 마련이니까.

할리마가 양장점에서 딱 마침맞게 찾아온 새 옷을 입었다. 고급 비단으로 만든 화려한 진홍색 옷이다. 얼마 전 두바이로 여행 가서 기념품으로 사 온 금 장신구가 인위적인 형광등 불빛 아래서 빛난다. 누가 봐도 새 신부라고 할 만큼 손과 다리에는 검은 헤나로 아라베스크 무늬를 새겨 놨다. 분명 내가 결코 견뎌낼 수 없을 예식에 태연하게 맞서려면 제일 아름다운 모습으로 꾸며야 한다. 아니, 포기한 채로 희생양이 되진 않을 것이다.

창문으로는 그리오가 새로운 아내의 미모를 칭송하는 소리가 들린다. 그 말들이 심장을 꿰뚫는다.

"신부 람라를 소개해드리죠. 람라는 아름답고, 피부는 갈색에다, 단아하고, 다른 여자들과는 비할 수가 없습니다. 람라에게는 검은 곳이 세 군데, 하얀 곳이 세 군데, 볼록한 곳이 세 군데, 가느다란 곳이 세 군데 있습니다. 검은 잇몸과 흑옥 같은 머리칼, 검은 눈동자. 하얀 이와 하얀 눈, 하얀 손바닥. 몸이 가늘어서, 마치 말벌 같습니다! 목이 가느다라니, 꼭 기린이 낳은 자식 같습니다! 발도 가느다랗죠. 광대뼈와 가슴, 엉덩이는 볼록합니다. 람라는 아름답고, 누구에게도 비할 수 없고……."

디디 고모가 문을 두드려, 음울한 생각에 잠겨 있던 나를 끄집어낸다.

"사피라, 뭐 하니?"

"가요!"

"네 시댁 식구들이 너랑 같이 새 신부를 맞이하려고 기다리고 있단다."

작은 소리로 다시 말한다.

"가요."

"뭐 하니, 사피라?"

숨이 가빠지고, 알라께 소리 없이 기도를 올린다. 기도가 이뤄지리라는 확신은 없다. 신이시여, 제 딸보다 겨우 몇 살 더 많은, 남편을 취할 권한을 제게서 가로채는 이 여자아이를 어떻게 마주할 수 있겠습니까? 제가 어떻게 견딜 수 있겠습니까? 관습이 명하는 좋은 모습을 어찌 보여줄 수가 있겠습니까? 망신을 당하지 않으려면 어떻게 해야 합니까?

눈물을 참고 수도꼭지에 흐르는 물을 향해 몸을 숙여 한 모금 삼킨 다음, 심호흡을 여러 번 하며 어마어마하게 뛰는 심장 박동을 다스려본다. 그리고 나서 마음을 굳게 먹은 발걸음으로 화장실을 나선다.

늘 크고 화려해 보이는 내 집이 불현듯 좁디좁게 느껴진다. 숨을 쉬기 어려울 정도다. 다른 곳으로 갈 수만 있다면 뭐든 내놓을 것이다. 어디든 상관없다.

친척이며 친구들까지 모두 와 있다. 대부분은 솔직하게도 서글픈 표정이다. 이 일이 정말로 닥치고 말았다는 걸, 여러 해 동안 두려워하던 일이 일어나고 말았다는 걸, 제일 끔찍한 악몽이 눈앞에서 펼쳐진다는 걸 믿을 수가 없다. 입을 열어 분노를 목청껏 터뜨리고 싶다. 잠에서 깨어나 이건 그저 나쁜 꿈이었다는 걸 알았으면 좋겠다. 그렇지만 사람들에게 잔뜩 둘러싸인 채 높이 솟은 화려한 문을 향해 다가간다. 아니, 내 품위를 떨어뜨리진 않을 거다. 보란 듯이 고개를 들고 베란다 문턱에서 나를 기다리는 시누이를 향해 환한 미소를 짓는다. 그리고 단호한 목소리로 말한다.

"축하해요, 새언니. 드디어 새로운 아내를 맞이하네요! 신의 축복을! 제가 새 신부를, 우리 아마리야를 만나고 맞이할 수 있게 데려가 주세요."

여자들은 알하드지 이사의 커다란 집으로 몰려들었다. 친척들은 내 주변으로 반원을 그리며 카펫 위에 책상다리를 하고 앉는다. 다른 아내의 가족들도 똑같이 앉았다. 사람들은 부부 침실에서 막 나온 어린 신부를 조심스럽게 내 앞으로 데려온다. 화려한 알키바레 아래에 모습을 완전히 감추고 있지만, 그 아래로는 내 것만큼이나 눈부신 옷이 언뜻언뜻 보인다. 새 신부의 아름다운 헤나와, 맑은 안색, 섬세한 손을 잠시 감상한다. 고개는 계속 푹 수그리고 있고, 외투에 달린 히잡으로 얼굴을 완전히 가리고 있다.

남편의 누나인 시누이가 입을 연다.

"사피라, 여기 새로운 신부란다."

"잘됐네요, 정말로."

"자네 여동생이야! 자네 막냇동생이고, 딸이고, 아내다. 가르치고, 조언을 하고, 집안이 어떻게 돌아가는지를 보여주는 게 자네 몫이다. 바로 자네가 다다사레니까. 자네는 항상, 또 확실히 첫째 아내로 남아 있을 거야. 설령 남편이 다른 아내 열 명을 들인다 하더라도 말이야. 책임이 무거워. 사피라, 다다사레는 집안의 주인이다. 집안사람들이 화목하게 지낸다면 그건 자네의 공덕 덕분이지. 그러면 높은 평가를 누리는 거야. 그렇지만 반대로 가족에 불화가 있다면, 그건 자네의 잘못 때문이야. 첫째 아내인 이상, 모든 걸 감당할 준비를 하도록 해. 다다사레는 집안의 동네북이야. 이 집과 온 가족들의 대들보야. 노력하는 것도 첫째 아내고, 참고 버텨내는 것도 첫째 아내야. 첫째 아내는 자중하는 법을, 인내심을 똑똑히 익혀야 해. 사피라, 참아! 자네는 다다사레고, 지데레-사레야. 인내하고, 인내해라······."

이제 시누이는 어린 신부를 향해 말한다.

"람라, 자네는 이제 사피라의 여동생이야. 사피라가 자네 어머니가 되었으니, 자네는 딸이 되어야 해. 순종하고 존경해야 한다. 속마음을 털어놓고, 조언을 구하고, 시키는 대로 따라야 해. 자네가 둘째 아내니까. 다다사레의 판단이 없는 한, 자네는 소유지 안에서 벌어지는 일을 나서서 관리하지는 않을 거야. 집안의 주인은 첫째 아내니까. 자네는 그저 그 여동생일 뿐이야. 허드렛일이 자네 몫이야. 무조건 복종하고, 첫째 아내가 화를 내면 참고, 존경해라! 인내하고, 인내해라······."

나는 고개를 끄덕이며 수긍하고, 희미한 미소를 짓는다. 지금 이 순간, 시누이를 찢어 죽일 수만 있다면 좋겠다. 내가 낙담하는 것을 그저 흡족하게만 여기는 사람이니까. 다 알고 있다. 여러 해가 흐르는 동안, 자기 남동생을 독점한다며 나를 몇 번이나 질책했던가? 우리 부부가 사이좋게 지낸다며 몇 번이나 불평했던가? 내 안에서 느껴지는 분노가 나를 흥분시키며, 새로운 힘을 다시금 불어넣는다.

새 신부의 어머니가 얘기할 차례다.

"하드자 사피라, 당신이 다다사레죠. 오늘부터 우리 딸을 바로 당신에게 맡깁니다. 아내 노릇을 가르치는 게 당신 몫입니다. 람라를 보호하고 돕는 게 당신 역할입니다. 람라는 당신의 여동생이요, 딸이니까요. 당신 남편보다도 당신을 더 믿습니다. 하물며는 남편에게서 람라를 지켜야 하는 것도 당신이니까요."

"그럼요, 물론이죠!"

이번에는 모습을 완전히 가린 또 다른 여자가 한 마디 보탠다.

"옛날 옛적에 한 사람이 마호메트를 찾아와 이렇게 말했습니다. '아, 알라를 섬기는 분이시여! 당신과 함께 살고 싶습니다. 당신께서 응해주신다면야, 결코 다투지 않고 지낼 것입니다. 그렇지만 만일 다투게 되면, 우리는 화해할 수 없을 겁니다. 저는 복수심이 강하거든요!' 마호메트는 아주 현명하게도 이렇게 답했습니다. '가보시죠, 저는 당신과 함께 살지 않겠습니다.' 또 다른 사람이 찾아와 말했습니다. '아, 알라를 섬기는 분이시여! 당신과 함께 살고 싶습니다! 우리는 자주 다투겠지만, 금세 화해할 겁니다.' 그러자 마호메트가 승낙했습니다. '그래요! 당신과는 함께 살 수 있습니다. 신께서는 끝없는 다툼을 싫어하시니까요.' 이 모든 얘기는 사피라와 람라 두 사람에게 그걸 보여주려는 것입니다. 같이 살다 보면 불화와 오해가 결코 없을 수 없다는 사실을요. 혀와 같이 지낼 수밖에 없는 처지인 치아마저도 때로는 혀를 깨물고는 합니다."

그 밖에도 새 신부를 향한 조언이 많이도 이어진다. 그리고 마침내 자리를 뜰 수 있게 되었다. 나의 자리를 다른 아내에게 내어주며 남편의 집을 나선다. 일주일 동안 남편은 오로지 다른 아내만의 것이 될 거다. 그리고 나면 차례대로 돌아가며 남편을 공유할 것이다.

끝났다. 이제는 남편의 집에 다가갈 수 없다. 이제부터는 내 왈란데walaande(일부다처제에서 한 아내가 집안일과 남편과의 잠자리를 도맡는 날을 가리킨다—옮긴이)가 돌아올 때까지 기다려야 들어갈 수 있다. 마찬가지로 남편을 만나거나 남편과 얘기를 하는 것도 차례를 기다려야 한다. 가슴이 조여온다. 이 집엔 더 이상 나 혼자가 아니다. 이제 나는 사랑받는 여자도 아니다. 이제는 그저 한 명의 아내, 덤처럼 얹혀 있는 여자일 뿐이다. 내가 사랑하는 알하드지 이사는 이제 내 짝이 아니다. 오늘 밤부터 남편은 다른 여자의 품에 안길 것이며, 그걸 상상하는 것만으로도 힘이 쫙 빠진다. 남편이 무슨 얘기를 하건, 이제는 그 어떤 것도 예전 같지 않을 것이다. 남자는 정말로 두 여자에게 마음을 나눠줄 수가 있을까?

할리마가 내 팔을 살짝 꼬집는다. 친척들이 거실에 자리 잡고 앉아 새 신부가 하고 있던 보석을 곱씹으며 그 아버지의 부를 가늠하고, 새 신부네 가족들을 두고 입방아를 찧고, 부르카를 쓰고 있던 신부네 가족들을 잔뜩 궁금해하며, 조금 전 벌어진 일을 두고 이러쿵저러쿵 얘기를 나누는 동안, 나는 방으로 도망쳐 들어가 눈물을 떨군다.

친구 할리마가 나를 도와주러 찾아와서는 세심하게도 문을 열쇠로 잠근다.

"어휴, 사피라, 저 사람들이 기뻐할 만한 짓은 하지 마. 지금까지 잘 버텼잖아. 네가 이렇게 낙담하고 있는 거 보면 다들 좋아라 할걸. 네가 괴로워하는 걸 두고 사람들이 토 달게 만들지 마. 그래, 새 신부가 왔지! 그치만 과연 계속 남아 있을 수 있을까? 저 신부가 여기 오기로 한 걸 후회하고 빨리 돌아가게 만드는 건 너한테 달려 있어. 제일 중요한 건 결혼식이 아니라 그 뒤에 이어지는 일들이라고. 저 신부가 좋은 아내가 될 수 있을지, 거기다 과연 너를 견뎌낼 수 있을지는 아무도 몰라. 아무튼 넌 여기에 거의 20년이나 있었잖아. 그동안 늘 장밋빛이기만 했던 거도 아니고!"

"새 신부가 너무 어리고, 너무 예뻐!"

"그 신부가 예쁜지는 어떻게 알아, 사피라? 고개도 수그린 채로 검은 천을 뒤집어쓰고 있었는데! 지금 흥분해서 착각하는 거야! 질투가 너한테 장난을 치는 거라고."

"피부가 진짜 깨끗했어, 새하얄 정도였다니까!"

"그렇다고 해서 예쁜 건 아니지. 너는 그 신부 피부만 보고 예쁠 거라고 넘겨짚고 있잖아. 너도 그래, 네 피부도 깨끗해. 근데 그런 건 상관없어. 피부가 제일 깨끗한 사람이 제일 예쁘다고 생각하는 건 별 의미 없어. 어디 한번 말해봐, 사피라, 피부 검은 여자들을 내다 버리는 쓰레기통이 어디 있는지. 거기다 나 좀 던져버리게. 나도 그렇고, 피부가 검은 내 자식 녀석들도 그렇고 말야."

할리마가 분위기를 풀어보려고 웃으면서 덧붙인다.

"못 견딜 것 같아! 남편을 공유할 순 없어. 거기다 그렇게 어린 여자랑 공유한다는 건 더 최악이야. 내 딸뻘인 사람이 어떻게 경쟁 상대가 될 수 있겠어? 딸뻘 되는 어린애랑 어떻게 맞설 수가 있겠어? 난 벌써 나이를 잔뜩 먹었는데!"

"너 서른다섯 살이야. 나이 든 거 아냐. 어떤 문화권에서는 우리 나이에 아직 결혼도 안 한 여자들도 있어. 너 비행기 태우려는 게 아니라, 사피라, 넌 아직도 어리고 예뻐. 남편이 또 결혼하는 건 너랑 아무런 상관도 없어."

"우리 정말로 잘 지냈는데. 남편은 왜 그걸 죄다 망쳐놓은 걸까?"

"그야 남자라서 그렇지, 자기야. 솔직히 지금 아무것도 아닌 걸로 걱정하는 거야. 새 신부랑 자고 나서, 새로운 여자한테 이끌리는 시기가 지나고 나면, 다시 너한테로 돌아올 거야."

"못 견디겠어. 생각만 해도……."

"나약하게 굴지 마, 사피라! 지금까지는 뭐 남편이 한결같았을 것만 같아? 가서 세수하고 와. 네 시누이가 비꼬는 소리가 들리는 것 같아. 네가 우는 거 보면 아주 신이 날걸."

놀랍게도, 몇 시간 뒤 남편이 나를 불렀다. 남편 집으로 가기 전, 오랫동안 찬물로 얼굴을 씻어 울었던 흔적을 싹 다 지우고, 찬찬히 다시 화장을 했다. 잠시 남편과 시선이 마주쳤고, 남편이 먼저 눈을 내리깔았다. 안락의자에 차분히 앉았다. 심장이 나팔을 분다. 남편을 보니 원망이 스르륵 녹아 더 이상 크나큰 고통이 설 자리는 없다. 결혼생활 동안의 감정이 선연하게 느껴졌고, 남편은 이제 다른 장으로 넘어갔다고 생각하니 괴로웠다. 남편이 사랑하고 아끼는 건 더 이상 내가 아니었다. 난 그저 여러 아내 중 한 사람일 뿐이었다. 남편의 자식들의 어머니일 뿐이었고.

20년 동안 우리 사랑에 모든 걸 쏟았다. 그 사랑 가운데 이제 유일하게 남아 있는 것은 우리가 자식들에게 품는 사랑뿐이었다.

남편은 내가 처음 보는 헐렁한 겉옷을 대충 입고 소파에 앉아 있었다. 내게는 눈길도 거의 주지 않았다. 나는 이미 안중에 없는 것이다. 새로 마련한 옷이나 내 헤나도 살펴보지 않았다. 남편은 새 신부를 불러 내 옆에 앉으라고 했다. 새 신부는 한결같이 얼굴을 가린 채

고개를 숙이고 있었다. 묵직한 침묵이 자리 잡았고, 어린 아내의 한숨과 눈물만이 적막을 깼다.

알하드지가 자랑스러워하듯이 말했다.

"사피라, 여기 네 여동생 람라야. 이미 만나봤겠지."

"그럼."

"어떻게 생각해? 예쁘지, 안 그래?"

"무척 예쁘지. 알라께서 우리에게 행복을 주셨어."

"아민! 자 그래 람라, 너는 다다사레를 만나봤니? 벌써 서로 소개도 받고, 각자의 가족들과 우리 가족한테서 조언도 들었다는 얘기는 들었다. 그렇지만 내가 두 사람한테 어떤 걸 기대하는지 분명히 알려주려고 당장 오늘 밤에 이렇게 다시 모이게 한 거야. 딱 한 마디로 정리할 수 있지. 조화야. 이 집안에서 무질서는 용납 못 한다. 내가 사는 곳이 싸움터가 되고 마치 항상 다투며 지내기라도 했던 양 불화의 장이 되는 것은 절대 받아들일 수 없어. 골치 아픈 일이나 다른 근심 걱정 없이 조용하게 살았으면 좋겠다. 늘 그랬던 것처럼 이 집이 평온하고 차분한 곳이 되었으면 해. 사피라, 너는 날 잘 알지. 나는 불화도 갈등도 가만 두고 보지 못해. 두 사람 모두에게 미리 알려주는데, 두 사람은 서로를 이해하고 나를 행복하게 해주는 데 신경을 써야 한다. 잘 알겠지?"

우리 둘 가운데 누구도 답이 없자, 남편이 내게 말한다.

"사피라, 둘째 아내 앞에서 다시 한 번 얘기할게. 우리가 같이 지낸 지도 벌써 20년이고, 지금까지 나는 결혼을 한 적이 없어. 이제 와서 결혼하는 건 딱히 너를 나무라려는 의도가 아니야. 이 점은 이미 얘기했지. 관습과는 별개로 내가 새 아내한테 준 것만큼 많은 선물을 네게도 주고 싶었지만, 관습 때문에 절반밖에는 줄 수가 없었지. 다시 한 번 말하지만, 그건 내가 너와 아이들을 존중한다는 걸 알았으면 해서 췄던 거야. 이제껏 해왔던 것처럼, 나를 도와주면서 믿음직한 모습을 보여줬으면 해."

남편은 새로운 아내를 향해 말을 이어갔다.

"람라, 이 소유지에는 늘 화목함이 감돌았다. 너를 아내로 삼은 건 한층 더 행복해지려고 그런 거야. 오해하지는 마라. 첫째 아내는 이 집안과 내 마음속에서 아무도 건드릴 수 없는 자리를 차지하고 있으니까. 첫째 아내를 존경하고, 또 첫째 아내가 이끄는 대로 따랐으면 좋겠다. 혹시나 첫째 아내를 모욕한다면, 그건 너 자신도 모욕하는 일이라는 걸 알고 있어라. 첫째 아내는 존경받아 마땅하니까. 네가 잘 처신해서 나를 기쁘게 해준다면, 셋째 아내는 들이지 않을 거다."

남편은 잠시 입을 다물었다가 마무리를 짓는다.

"사피라, 가도 돼. 잘 자고!"

참을 새도 없이 눈물이 뺨을 타고 소리 없이 흘렀다. 내가 슬퍼하고 비참해하는 걸 둘째 아내한테는 보여주고 싶지 않았지만, 이렇게 긴 하루를 보내고 나니 결국은 슬픔이 터져 나올 수밖에 없었다. 난 이제 막 내쫓긴 참이었으며, 규칙에 따라서 둘째 아내에게 남편을 한 주 내어달라는 청을 받았다. 남편은 이미 자리에서 일어섰다. 나보다 앞서 걸어 나가 아무 말 없이 나를 문가로 배웅하고 나서는, 문을 조심스레 닫았다. 불빛이 하나둘 꺼졌다. 힘이 쭉 빠졌다. 내 집 거실에 앉아 있는 여자들을 지나쳐, 서둘러 방으로 돌아가 주저앉아 흐느껴 울었다.

II

"야운데에 갈 거야. 급하게 처리할 일이 있어서."

"그래!"

"아 참, 람라도 같이 데려갈 거야."

"뭐라고?"

"내 말 알아들었지?"

남편이 차갑게 말한다.

결혼식을 올리고 여덟째 날, 오늘은 내 차례다. 내 왈란데다! 종교적으로 정해 둔 허니문은 끝났고, 이제 새 신부와 내가 알하드지를 공유해야 한다. 남편을 다시 볼 채비를 한다.

결혼생활 20년을 함께한 남편이 새로운 아내를 들이고 싶다고 했을 때, 그는 일방적으로 결정을 내렸다. 남편 얘기로는 내 행실과는 아무 상관없는 일이라 했다. 남편은 권리를 제멋대로 휘두르며, 의논도 거부했다. 그런 상황을 거부할 수 있었지만, 그렇게 하면 남편이 나를 내보낼 수도 있었다. 그렇지만 남편은 다시 결혼하고 싶은 마음과 나를 붙잡아두고 싶은 마음 사이에서 이미 결심을 한 뒤였다. 이성적이고 현명하게 처신하는 편이 좋을 것이라고 남편은 말했다.

"현실을 봐, 사피라! 일부다처제는 흔한 거야. 거기다 부부 생활에 균형을 잘 잡으려면 꼭 필요하기도 하고, 힘 있는 남자들은 죄다 아내를 여럿 두고 있어. 거기다 가난한 사람들이라도 그렇다니까. 자! 네 아버지도 일부다처제 하고 계시잖아, 안 그래? 내가 안 한다 해도, 남들은 다 하고 있다고. 남자 집에 결코 너 혼자만 있을 수는 없어. 조금이라도 생각이 있다면, 이제껏 너 혼자 지냈던 걸 알라께 감사해야지. 남편을 다른 사람과 공유하지 않고 젊은 시절을 맘껏 누렸으니까. 지금 네가 원통해하는 건 이기적인 행동이야. 거기다 아내를 네 명까지 두도록 허락한 전지전능하신 신보다 네가 더 현명하기라도 해? 일부다처제를 의연하게 받아들였던 마호메트의 아내들보다 네가 더 힘이 세기라도 해? 네가 직접 남자가 돼서 여러 여자를 동시에 사랑할 수 없다고 단정 짓기라도 할 생각이야?"

결혼식을 올린 지 여덟째 날, 내가 남편과 보낼 차례다. 남편은 그걸 알고 있는데도 람라를 여행에 데려가겠다고 결정했다. 여덟째 날인데! 바싹 면도를 한 남편은 자기 집으로 들어갔다. 금빛으로 풍성하게 자수를 놓은 하얀색 새 간두라를 걸친 남편은 여행을 갈 거라고 냉담하게 통보한다.

나는 열을 올리며 대답한다.

"둘째 아내랑 같이 가는 거야?"

"이미 알려준걸, 뭐 별일이라도 되는 것처럼 놀라서 다시 물어볼 필요 없잖아. 네 기억력이 너무 짧은 것 같아서 다시 얘기해주자면, 너도 여러 번 여행에 데려갔어. 겨우 넉 달 전에 두알라 다녀왔잖아. 그렇지만 이런 거 일일이 얘기할 만한 시간 없어. 다녀올게. 한 시간 있으면 비행기가 출발하는데, 공항이 제법 머니까."

"오늘 밤은 내 차례야! 둘째 아내가 아니라 나랑 보내야 한다고. 하물며 둘째 아내랑은 일주일 내내 같이 보냈는데!"

"20년 동안 매일이 네 차례였잖아! 이렇게 어리광부리는 것만은 정말 하지 마. 하룻밤 더 내어달라고 하는 게 부끄럽지도 않아? 결혼한 지가 벌써 몇 년인데? 솔직히 넌 지금 아무것도 이해 못 하고 있어. 내가 일부다처제를 하고 있는지도 모른다고. 그렇지만 난 자유로운 몸이고 원하는 건 뭐든 해. 그러지 못한다는 방증이 생겨나기 전까지는 말이야."

남편은 카펫 위에 지폐 다발을 떨구며 말한다.

"내가 급하게 떠나 있을 동안 네가 쓸 돈이야. 언제 돌아올지는 모르겠어. 연락할게."

"왜? 내가 뭘 했다고 이런 식으로 나한테 상처를 주는 거야? 왜 이렇게 내 마음을 산산조각 내는 거야?"

"아, 또 시작이네! 어휴, 멜로드라마에 정신이 팔렸구만. 스스로를 좀 봐봐, 사피라! 꼭 초상이라도 난 사람 같아. 옷을 얼마나 희한하게 차려입었는지 좀 봐봐. 눈은 또 어떻고? 아이섀도는 대체 언제부터 안 한 거야? 그렇게 하고 다니면서 날 유혹할 수 있을 거라 생각해? 정신 차리는 편이 좋을 거야—지금 당장 말이지. 이런 일로 왈가왈부할 시간 없는데, 당신한테 실망이 커. 조금 더 점잖게 굴었으면 좋겠어. 누가 보면 둘째 아내가 생긴 게 당신 혼자뿐인 줄 알겠어! 람라가 여기 온 지 일주일밖에 안 됐는데, 당신 꼴을 좀 봐! 말도 안 나온다."

남편은 내가 눈물을 흘리는 것을 보며 덧붙인다.

"꼴사납게 구는군. 굳이 신경질 내진 않겠어. 그래, 곧 보자고!"

남편은 자취를 감추려고 서두르는 사람처럼 발길을 돌린다. 그가 떠난 거실에 아직 향수 냄새가 남아 있다. 방으로 돌아간다. 창밖으로는 남편이 신이 나서 자기 '아첨꾼'들에게 인사하는 모습이 보인다. 직원보다는 가깝지만 친구보다는 먼, 남편이 있건 없건 간에 매일같이 소유지를 돌보는 일꾼들, 남편이 고용한 일꾼들 말이다. 이사람들이 하는 일이 무어냐고? 동네 소식을 실어 나르고, 남편과 동행하고, 은밀하거나 가장 중요한 일을 한다. 기분 좋은 남편은 한 달전 두바이에서 도착한 가장 훌륭한 자동차를 꺼내 오라고 운전기사에게 시킨다. 제 심복에게 무어라 속삭이는 게 보인다. 그러자 곧바로 사라지더니 몇 분 뒤 새로운 아내를 데리고 온다. 나는 눈물을 참으려고도 하지 않은 채 소리 없이 운다.

람라는 아름답다. 한낮의 햇빛을 받아 옆얼굴이 선명히 드러나고, 피부는 곱게 빛난다. 수가 놓인 새 옷을 입은 람라는 근사한 금장신구를 두르고 있다. 검은 헤나도 분명 덧칠했을 거다. 깨끗한 피부 위로 헤나가 또렷이 보이는 걸 보면 말이다. 화장을 제대로 하고는 우아한 태도로 망설임 없이 자동차 뒷좌석, 남편 옆자리에 앉는다. 남편은 기뻐서 환하게 웃고 있는데, 어쩐지 반대로 람라는 슬픈 얼굴이다.

자동차가 사라지고 한참 뒤에도 나는 창문 뒤편에 머문다. 생각에 잠겨 있던 내게 막내딸 나디아가 온다.

"엄마! 엄마, 뭐 봐?"

"아무것도 아냐. 가서 놀아, 엄마는 가만히 좀 놔두고. 엄마 쉬어야 돼."

"새로 온 작은엄마 봤어. 아빠랑 같이 나가던데."

"알고 있어, 가서 놀아!"

"예쁘고 착해. 집에 가니까 과자도 줬어. 집이 엄청 예뻐."

"엄마 너무 피곤하다, 나디아. 얌전하게 굴어야지! 부탁인데 밖에 나가서 오빠들이랑 좀 놀아. 엄마 머리 아파."

"눈도? 엄마 눈이 빨개. 아폴로 눈병 걸린 거야? 저번에 내가 결막염 걸렸던 것처럼?"

"그래, 맞아! 봤지? 엄마 아폴로 눈병 걸렸어. 그래서 쉬어야 되는 거야. 나디아도 아플 때 쉬었던 거 기억나지? 가서 인형 가지고 놀아. 얌전하게 잘 있으면, 엄마가 자고 일어나서 선물 줄게."

방 안을 한 시간 동안 빙빙 돌고 나자, 슬픔이 분노로 뒤바뀐다. 이런 식으로 나를 우습게 취급하도록 두지 않을 거다! 아니, 온 마을이 날 웃음거리로 삼도록 가만히 앉아 있을 수는 없다. 절대로. 상황을 파악하자마자 화가 솟고 역정이 치민다. 남편이 결혼식을 올리고 여덟째 날이 되자마자 새 신부를 데리고 떠났다는 걸, 벌써 둘째 아내가 남편이 제일 아끼는 아내가 되었다는 걸 모두가 알게 되면 내 평판이 바닥에 떨어질 거다. 그럴 수는 없는 노릇이다!

바로 지금 일등석에 나란히 앉아 비행기를 타고 수도로 향하고 있을 두 사람을 상상해본다. 그렇게나 어리고 그렇게나 아름다운 신부를 보고는 다른 남자들이 보내는 부러운 시선을 상상해본다. 남편의 눈이 뿌듯함으로 빛나는 게 훤히 보인다. 고작 여섯 달 전 바로 그 자리에 있었던 나를 다시 떠올린다. 얼마 안 가 다른 아내가 내 자리를 대신 채울 거라는 사실은 꿈에도 모른 채, 그때의 나는 비행기 안에서 정말로 행복하고 평온하다고 느꼈다.

방에 걸린 거울에 내 모습이 보인다. 제법 값이 나가는 옷을 걸치고 있는데도 만족스럽지가 않다. 안색은 창백하고, 요 며칠 사이 이마에는 주름이 파였다. 입가에는 벌써 잔주름이 보인다. 임신을 여섯 번 치러내느라 배는 예전처럼 납작하지 않다. 팔도 더는 가느다랗지 않고, 당연한 얘기지만 몸무게도 몇 킬로그램은 불었다. 이제 겨우 서른다섯 살이지만, 일주일 만에 나이를 십 년은 더 먹은 것 같다. 너무 늙었다는 기분이 든다. 다시 람라를 떠올리며 비교해본다. 어리고 정말 세련됐다. 람라의 피부와 푸석푸석해진 내 피부를 비교한다. 곱게 땋아 허리까지 늘어뜨린 머리가 생각난다. 날렵한 선, 부드러운 입술, 곧은 코를 떠올린다. 이런 경쟁 상대에게 어떻게 맞설 수가 있을까?

결국은 남동생에게 전화를 걸고, 그다음에는 어머니께, 마지막으로는 할리마에게 연락한다. 최대한 빨리 와달라고 애원한다. 더 이상은 두고 보지 않을 작정이다. 힘들긴 하겠지만, 내가 구할 수 있는 무기로 물리칠 거다. 작전 회의를 열기로 한다. 참모를 소환한다.

남동생 함자가 가장 먼저 찾아온다. 냉정한 목소리로 내가 어떤 결정을 내렸는지 들려준다. 함자는 먼 친척 어른을 만나러 갈 거다. 마루아 지역의 촌락인 우로 이비에 사는 원로다. 남편이 내게 가장 큰 애정을 품고, 남편에게 가장 사랑받는 아내가 되는 것만을 바라는 게 아니다. 친척 어른이 내 경쟁 상대도 아예 처리해주었으면 좋겠다. 남편을 공유한다는 건 내겐 있을 수 없는 일이니까.

"난 뭐든 할 준비가 되어 있다고 말씀드려줘. 달라고 하시는 건 전부 드린다고. 뭐든지 요구하시는 대로 다 할 거야. 그냥 둘째 아내가 떠나기만 하면 좋겠어! 당장! 알하드지가 내쫓았으면 좋겠어! 가서 필요한 만큼 있다가 와. 여기 봉투에 5백만 프랑 넣었어. 망설이지 말고 써. 설령 제물로 바칠 소가 필요하다면 그렇게 해! 돈은 하나도 중요하지 않으니까. 둘째 아내가 내빼버렸으면 좋겠어! 둘째 아내 이름하고 그 어머니랑 아버지 이름 잘 기억해. 그래야 주문을 걸지."

"알겠어, 누나. 걱정 마. 필요한 일은 뭐든 다 할게."

"너만 믿는다. 거기 가서 필요한 만큼 머물다가 와."

한 시간 뒤, 이번에는 어머니가 살며시 문턱을 넘어 내 방으로 들어온다. 어머니를 보자마자 잔뜩 성을 내며 내뱉는다.

"엄마, 힘 좀 써줘. 둘째 아내를 내보내야 한단 말이야."

"사피라, 말 조심해! 다른 사람한테 해코지하지 마라, 그게 다 너한테 돌아올 수 있으니까. 시리를 조심해라! 나쁜 주문을 거는 건 위험한 행동이야."

"상관없어. 난 뭐든 할 작정이야. 이런 수모를 앉아서 가만히 견디지는 않을 거니까."

"일부다처제가 여자에게 수치스러운 일은 아니야. 인내해라! 자중해, 사피라.”

화를 가까스로 다스리고는 목소리를 낮춰 어머니에게 말한다.

“알하드지가 둘째 아내를 데리고 야운데로 갔어.”

“뭐라고? 오늘 떠난 거야? 둘째 아내랑? 벌써?”

“법에서 의무로 정해둔 7일로는 분명 충분치 않았던 모양이지. 다른 곳으로 가서 조용하게 보내고 싶었나 봐, 훼방꾼 없이 둘째 아내하고 단둘이 말야.”

“내버려둬. 새로운 것에 끌리는 거야. 얼마 안 있으면 끝이 날 테고, 자기가 사랑하는 건 너라는 걸 알게 될 거야. 늘 같이 지냈던 건 너니까, 그 어느 때보다도 훨씬 더 너를 다시 사랑하게 될 거야. 그냥 조금만 참아.”

잔뜩 성을 내며 난 말한다.

“참기 싫어. 인내하라는 소리 두 번 다시 하지도 마. 엄마가 시키는 대로 남편이 변덕을 멈출 때까지 가만히 참지는 않을 거야. 언제 일어날지도 모르는 일을 기다리고 있을 여유 같은 거 없어. 둘째 아내가 당장 떠났으면 좋겠어. 엄마가 그 둘한테 나쁜 주문을 걸어서 둘을 떼어놓고, 두 사람이 야운데에서 갈라졌으면 좋겠어. 남편이 이번에 결혼한 걸 후회했으면 좋겠어. 그럴 수만 있으면 내가 갖고 있는 건 전부 내려놓을 수 있어. 그럼 명예는 잃지 않을 테니까.”

“너 때문에 겁이 난다, 사피라. 고작 일주일 만에 어떻게 이렇게 변할 수가 있는 거니? 내가 한 가지만 얘기해줄게. 들어봐. 결혼한 여자들이 주술을 써야겠다고 생각할 때면 모두들 들려주는 얘기야.

옛날에 어느 여자가 원로를 찾아가 말했어. '남편이 저를 사랑하고 저한테 충실했으면 좋겠어요.' 원로는 그 여자에게 부적을 만드는 데 필요하니 사자의 콧수염을 세 가닥 가져오라고 했어. 여자는 곰곰이 생각하면서 사자가 살고 있는 소굴에 안전하게 다가갈 방법을 한참 동안 궁리했지. 사자의 보금자리에서 몇 미터쯤 떨어진 곳에 신선한 고기를 놓아두고, 사자가 고기를 먹을 동안 재빨리 자리를 떠야겠다고 생각했어. 여자는 매일같이 똑같은 행동을 하면서 계속 조금씩 조금씩 다가갔어. 제법 시간이 흐르고 나니, 사자는 고기를 먹는 데 익숙해져서 여자를 기다리게 되었지. 그 뒤로 여자는 사자를 쓰다듬을 수도 있게 되었고, 결국은 사자를 길들였어. 그렇게 해서 그 맹수가 조금도 불쾌해하지 않게끔 콧수염을 가져올 수 있었지.

요구했던 것을 가져가자, 원로는 이렇게 말하며 여자를 돌려보냈어. '자네가 사자를 길들일 수 있었다면, 한낱 인간에 불과한 자네 남편은 결코 자네를 넘어서지 못할 거라네. 사자에게 했던 행동을 남편에게 똑같이 한다면, 남편은 영원히 자네 것이 될 거야. 사자의 콧수염을 손에 넣을 수 있었던 까닭은 바로 여자가 지닐 수 있는 최고의 덕목을 자네가 지니고 있기 때문이네. 바로 인내심과 계략이지.

자식을 다루듯이 남편을 다루도록 해. 자네가 길들였던 사자처럼 남편을 길들여봐. 인내하면서, 교활하게, 영리하게 굴어. 그러면 남편은 절대 자네한테서 떨어질 수 없을 거야. 이게 바로 남편한테 사랑받는 비법이야. 거기에 비할 만한 부적은 절대로 없어.'"

"제발, 엄마, 그만! 그 이야기는 벌써 다 알아. 남편이 둘째 아내를 들인다고 했을 때 다들 얘기해줬다고. 귀에 못이 박혔어. 찾아오는 여자들마다 다들 이 얘기를 충고라고 해줬어. 어떨 때는 사자 대신 살무사였고, 또 어떨 때는 하이에나였지만 이야기는 어차피 똑같았어. 조금 전에 내가 엄마한테 한 말 무슨 뜻인지 모르겠어?"

나는 한층 더 화를 내며 말한다.

"다시 말하지만, 둘째 아내를 이제 막 들인 참인데도 남편은 곧바로 둘째 아내를 데리고 여행을 갔단 말이야. 또 여행을 떠나기 전에 나를 비난하고 모욕했다고. 둘째 아내가 남편을 꽉 잡고 있는데, 엄마는 고작 한다는 말이, 나더러 참으라고, 계략을 쓰라고, 그저 이래라 저래라만 하잖아!"

이 말을 듣고는 평소에는 부드럽던 어머니의 눈빛이 차갑게 돌변한다. 어머니도 일부다처제의 나쁜 면을 잘 알고 있고, 몸소 겪었다. 심지어 늘 그것 때문에 괴로워한다. 우리 아버지는 스무 살짜리 젊은 애랑 결혼한 뒤로는 그렇게 들인 새 아내한테만 눈길을 줬다. 이제 막 쉰 살에 들어선 어머니는 뒷전으로 밀려났다. 지금 아버지는 어머니를 완전히 나 몰라라 한다. 새로 들어온 아내는 어머니를 우습게 여기며, 늘 거리낌 없이 아버지 집에 찾아간다. 자기 데판데인지 아닌지는 상관도 안 한다. 어머니가 딱 한 번 작정하고 반기를 들자, 아버지는 앙숙인 새 아내 앞에서 어머니에게 욕을 잔뜩 퍼부었다. 그 일이 있은 뒤로 새 아내는 어머니를 딱 잘라 무시한다. 5년 전부터 어머니에겐 더 이상 왈란데도 없고, 다른 아내가 남편을 꽉 붙잡고 있는 것을 무력하게 지켜보기만 할 뿐이다.

"엄마, 날 좀 이해해줘. 난 엄마처럼 되고 싶진 않아. 결혼한 지 일주일 만에 벌써 남편이 제일 아끼는 게 그 여자가 되었단 말이야."

"돈은 있어? 오늘 밤에 당장 큰 모스크에 있는 우스타즈 살리 사제한테 의논하러 갈게. 기도도 하고 제물도 바쳐야 돼. 누가 아니? 어쩌면 둘째 아내 가족들이 벌써 무슨 짓을 해서 네 남편이 혼을 쏙 빼앗겼는지도 모르지."

"어쩌면 남편이 결혼할 거라는 소식을 들었을 때 당장 착수해야 했던 건지도 몰라. 그러면 이 모든 걸 막을 수 있었을지도 모른다고."

"이제야 그런 생각이 드네. 진작 떠올렸어야 하는 건데. 걱정하지 마, 엄마가 처리할게."

"뭐라도 소득이 있기 전까지는, 절대 물러서면 안 돼!"

"무슨 말을 하고 싶은 거야?"

"둘이 이혼했으면 좋겠어! 아니면 둘째 아내가 영영 사라져버리든가, 미쳐버리든가, 죽었으면 좋겠어! 뭐든지 말야! 우스타즈 살리로 그쳐선 안 돼. 적어도 다른 원로들 셋은 찾아가야 돼."

어머니가 질겁한다.

"둘째 아내가 죽었으면 좋겠다고? 어휴, 안 돼, 사피라! 살인까지 하려는 건 아니지?"

나는 주먹을 꽉 쥐고 힘주어 말한다.

"엄마처럼 되진 않을 거야. 둘째 아내가 떠나지 않는다면, 죽여버릴 거야!"

오늘 아침에 알하드지와 있었던 일을, 또 그 뒤에 어머니와 이야기한 것을 들려주자 침대에 앉아 듣던 할리마는 분을 감추지 못한다.

"그래, 둘째 아내랑 같이 떠났다고! 거기다 널 모욕했다고."

"최악이었어. 내 기분이 어땠을지 같은 건 자기한테는 상관없는 일이라고 그러고, 내가 눈물을 못 참으니까 그걸 보면서 우습다고 했어. 그 비행기 따위 착륙하기도 전에 부서졌으면 좋겠어!"

"쉿, 사피라! 그렇게 말하면 안 되지. 아무튼 네가 낳은 아이들 아버지기도 하고, 또 넌 남편을 사랑하잖아. 네가 아무리 뭐라 하더라도 말야. 아무리 그래도 남편이 죽었으면 좋겠다고 그러면 안 되지!"

"남편이 그 여자 품에 안겨 있느니, 차라리 죽었으면 좋겠어. 오늘 아침에 그 여자가 요조숙녀 행세를 하던 걸 너도 봤어야 하는데."

"이번엔 얼굴 봤어? 어땠어?"

"어리고 예뻤어."

"너도 마찬가지야. 돈 많은 남자랑 결혼하는 여자들이라면 다들 그러니까."

"그래, 나도 결혼했을 때는 어리고 예뻤지. 이제는 다 늙은 거 같아. 남편은 아직 젊어서 우리 딸 또래 되는 아내가 필요한 모양이지."

"서른다섯 살인데 늙었다고? 거기다 남편은, 쉰 살인데 젊다고? 남자들은 아흔 살이 되어도 아내를 들이고 싶어 한다는 게 정말이구나. 뭐, 네 말이 맞다고 치자! 지금은 널 설득하고 앉아 있을 때가 아닌 것 같고. 급한 일이 있다고 전화로 그랬잖아. 제때 못 와서 미안해. 나도 남편놈 때문에 정신이 없었거든."

"무슨 일이었는데 그래? 남편놈이라고 그러지 마. 엄청 자상하고 한 번도 너한테 무슨 짓 한 적 없잖아."

"알라께서 우리 남편이 영영 부를 쌓지 못하게 막으시고, 우리가 계속 곤궁하게 지내도록 만드시고, 우리가 부유해지지 못하도록 막으시나 봐. 착각하진 마! 우리 남편이나 네 남편이나 똑같아. 남자들은 전부 다 같은 어머니한테서 태어난 모양이지, 다들 고만고만하니까. 그저 우리 남편은 마초 행세를 할 만한 돈이 없을 뿐이지!

아무튼, 우리 남편 얘기는 하지 말자. 나는 왜 불렀던 거야?"

나는 서랍을 열어 보석함을 꺼낸다. 안에는 반짝이는 장신구가 들어 있다. 몇 년 전 메카로 성지순례를 갔을 때 남편이 준 금 장신구 세트다.

"이 금붙이 좀 몰래 팔아줬으면 좋겠어. 돈이 필요해. 많이 필요하다고!"

"근데 왜 필요한 거야, 사피라? 그 돈으로 뭐 하려고? 이렇게 근사한 장신구를 왜 내놓으려는 거야? 거기다 너 이 세트 좋아하잖아!"

"그야 좋아했지! 우리 사랑의 증표였으니까. 이제는 다른 보석하고 다를 것 없어. 아니, 그저 금일 뿐이야! 그냥 돈이나 다름없지! 장신구는 많이 있어. 남편을 되찾을 수 있다면 어떤 값이든 치를 준비가 됐어. 남자를 되찾아야지. 사랑 말고. 내가 사랑했던 남자는 이제 사라져서 영영 없어. 그 남자는 제 손으로 죽은 거야. 아니, 뭔 소리야? 그게 아니지! 그 잘난 고추 때문에 죽었지!"

할리마는 소리 내어 깔깔 웃고는 다시 진지하게 고개를 저으며 말한다.

"넌 정말 종잡을 수가 없구나. 그치만 조심해! 원로랑 시리에 발을 들이면, 거기서 헤어나올 수 없을 거야. 모든 걸 잃을 수도 있고, 최악의 상황에는 너랑 아이들한테까지 불똥이 튈 수도 있어."

"말해 봐, 할리. 내가 어떻게 했으면 좋겠어? 우리 딸이랑 나이 차이가 얼마 나지도 않는 여자가 남편을 뺏어가는 걸 얌전히 보고만 있으면 좋겠어? 가정을 잃었으면 좋겠어? 내가 잠자코 쫓겨나서 우리 애들이 힘들어할 수도 있다는 불안을 짊어졌으면 좋겠어? 엄마 없이 살아가기엔 너무 어린 애들인데 말야. 정말 내가 그랬으면 좋겠어, 할리? 남편이 날 내팽개칠 때까지 그저 팔짱만 끼고 기다렸으면 좋겠어? 우리 친구 마리암이 자기 남편 결혼했을 때 그랬던 것처럼 나도 그저 시름에 겨워 죽었으면 좋겠어? 거기다 마리암이 죽은 뒤에 그랬던 것처럼, 내가 죽은 다음에 남편이 셋째 아내를 거리낌 없이 데려오고, 내 집에다 셋째 아내를 들여서 내 기억은 싹 지웠으면 좋겠어?

사람 목숨은 그저 알라의 뜻에 달린 거라고 남편은 말하겠지! 그러니 내가 어떻게 했으면 좋겠어? 내가 뭘 할 수 있을까? 내가 할 수 없는 건 또 뭐고? 전쟁에 나설 때는 무기를 고르는 걸 망설여선 안 돼. 손에 잡히는 걸 들고 싸움에 나서는 거지. 그 여자는 어떻고? 벌써 결혼한 남자한테 시집을 가겠다고 결정했을 때 그 여자가 뭘 기대했겠어? 내가 자기를 얌전하게 내버려둘 거라고 생각했을까, 그랬을까? 내가 선택한 일로 지금 이 지경이 된 게 아냐. 나한테는 선택권이 없었어. 난 그저 방어할 뿐이지.

나는 남편을 사랑했어. 남편을 기쁘게 하려고 최선을 다했어. 좋은 아내였다고. 훌륭한 어머니였고, 똑똑하고 건강한 딸 아들도 골

고루 낳아줬어. 남편의 기운을 북돋워주고, 온 마음을 다해서, 영혼을 다해서 사랑했어. 여기서 더 뭘 바랄 게 있었겠어? 난 못되게 굴지도 않았다고. 그렇게 해야 한다고들 했으니까. 내가 이 전쟁에 나서겠다고 선택한 게 아냐. 나한테 선택권이란 게 있기는 해?"

숨을 가쁘게 몰아쉬며 몸을 일으킨다. 가까이 놓인 병에 곧바로 입을 대고 물을 들이킨다. 마저 말을 잇는다.

"내가 어떻게 했으면 좋겠어? 내가 어디까지 할 수 있지? 전력은 얼마나 여유가 있지? 나한테 정말 선택권이 있기는 해? 내 남자를 영영 잃을 수도 있는 마당에, 그 남자가 말하는 소위 사랑의 징표라는 게 무슨 소용이야?"

"얼마가 필요해?"

할리마가 보석함을 재빨리 닫으며 말을 마무리한다.

III

나는 다다사레다. 새로 들어온 아내는 공손하게 군다. 차분하고 내성적인 여자다. 문득문득 그 여자의 눈에서 슬픈 기색이 보여 깜짝 놀라지만, 모른 체한다. 가식이겠지.

아이들이랑 있을 때 더 편해 보이고, 같이 얘기도 많이 나눈다. 내 딸들이 둘째 아내를 그렇게 따르는 것이 나는 영 달갑지가 않다. 그렇지만 알하드지한테서 날벼락이 떨어질 수도 있기 때문에, 아이들이 의붓어머니 집에 찾아가는 걸 막을 수는 없다. 거기다 연기를 하려면 제대로 해야 한다. 내가 싫어한다는 걸 절대로 그 여자한테 티내지는 않을 거다.

나는 다다사레다. 이 커다란 집안이 어떻게 돌아가는지 람라에게 설명해주었다. 일과에 적응하도록 도와주었다. 매번 침착함을 유지하면서 싹싹한 표정을 내보였다. 조언도 해주고, 언제든 곁을 내주었다.

알하드지는 변했다. 변하지 않았다고 본인은 목청을 높이지만 말이다. 훨씬 더 부산스럽게 굴고, 예전만큼 나한테 시간을 내어주지도 않는다. 내 차례가 되면 관심도 별로 안 기울이고, 정신을 다른 데 판 것 같다. 알약을, 요즘 의지하고 있는 강장제와 최음제를 삼키는 걸 보면 기분이 좋지 않다.

나는 결국 남편을 공유하는 데 익숙해졌다. 처음에는 다른 아내 차례가 되면 잠을 못 이뤘고, 눈물이 차올랐으며, 남편이 날 만지는 게 역겨웠지만, 그것도 시간이 흐르면서 희미해졌다. 그렇지만 결심이 약해지지는 않았다. 줄곧 모든 게 예전처럼 돌아가기를 바란다. 람라가 떠나기만 하면 된다. 람라가 임신하는 것만은 절대 안 된다. 람라가 아이를 낳을 때마다 내 자식들의 유산이 줄어들기만 할 뿐이다. 새로 자식이 생기면 내 자식들이 아버지한테서 받는 사랑에 제동이 걸릴 뿐이다. 남편을 공유할 수밖에 없지만, 내 아이들까지 아버지를 공유하는 건 싫다! 람라의 월경 주기를 면밀히 살핀다. 언제 월경이 시작할지를 난 알고 있다. 그리고 요즘에는 람라가 기도를 계속 꼬박꼬박 올리는지를 알아내려고 신경을 곤두세우며 감시하고 상황을 살핀다. 만약 그렇다면 임신을 했다는 소리니까. 람라가 무에친의 호출을 무시할 때면 마음이 풀어진다. 그러면 편히 한숨을 돌린다. 적어도 람라의 다음 월경 주기가 다가올 때까지는 말이다.

지금까지는 나쁜 주문이 먹히지 않았다. 그렇지만 장신구는 하나

둘 자취를 감추고 있다. 돈을 점점 더 쓰고 있다. 아무런 효험을 못 보자 곧바로 다른 원로를 찾아갔고, 또 다른 원로의 명성이 귀에 들어오는 즉시 그곳으로 달려들었다. 돈이 필요하다. 비밀스러운 계획을 끝까지 완수하고자 돈이 점점 더 많이 들어간다. 시간은 흘러가고, 람라는 그대로 지낼 뿐만 아니라, 한술 더 떠 일종의 안정감까지 느끼는 것 같다. 아주 자리를 잡았다!

돈이 필요하다. 마침 의무적으로 자선금을 내는 자카트 기간이다. 알하드지 이사는 스트레스를 받지만, 내게는 절호의 기회다. 일 년 가운데 알하드지의 주의를 끌지 않고 슬쩍 자금을 조달할 수 있는 유일한 시기니까. 닷새 전부터 온 마을의 가난한 사람들이 집으로 몰려들었다. 소유지 바깥에 모여들어, 더러는 심지어 땅바닥에까지 앉아가며 아무 말도 없이 하루 종일을, 또 어떤 사람들은 밤까지도 보낸다. 그 어느 것도, 심지어는 타오르는 한낮의 햇볕도 저 사람들을 꺾지 못한다. 그렇게나 고대하는 자선금 배급이 시작하기만을 참을성 있게 기다린다.

묵직한 현관이 열릴 때면 모두들 똑같이 일어서서 말하고, 소리지르고, 몰려든다. 아무리 경비원들이 봐주지 않고 밀쳐내도 열기를 잠재우지는 못한다. 여자들도 가세해서는, 지폐를 나눠주는 일이 드디어 시작되는지를 지켜본다. 매년 해오던 것처럼, 알하드지는 일꾼 하나를 골라서 사제와 가장들, 또 도움이 필요한 사람들에게 줄 봉투를 준비하라고 맡겼다. 매일 아침 집을 나서기 전에는 바깥에 잔뜩 몰려든 사람들에게 나눠줄 돈 1~2백만 프랑쯤을 내게 준다. 자카트에 쓰일 돈을 내 뜻대로 써서는 안 된다는 건 알고 있었다. 알하드지의 아내인 이상, 그 돈을 쓰면 안 된다. 그래서 알하드지가 내게 망설임 없이 돈을 맡기는 것이기도 하다. 또 그동안 나는 으레 해야 하는 대로 이 돈을 나눠줬다. 그렇지만 지금은 돈이 필요하다. 알하드지가 장을 보라고 준 돈에서 빼돌리는 액수라든가, 자기 간두라 주머니에서 꺼내 슬그머니 건네준 돈으로는 이젠 충분하지 않다.

나는 서슴없이 봉투를 하나하나 다시 열어보며 안에 든 돈을 절반씩 빼내고는 조심스럽게 봉투를 다시 닫는다. 돈을 나눠주는 일을 맡은 아이들의 코란 선생님을 망설임 없이 매수한다. 알하드지가 떠난 뒤, 그를 거실로 부른다.

"말룸, 밖에 있는 가난한 사람들에게 돈 나눠주러 가야 되지. 부탁인데, 소란이 벌어지지 않도록 주의해줘. 기억나지? 작년에 알하드지 삼보네 안마당에서 자카트 나눠줄 때 죽은 사람들도 있었던 거. 알하드지는 자기 집에서는 그런 말썽이 안 생겼으면 하고 있어. 사람들이 이 점을 잘 이해하도록 네가 잘 해결해줘."

"그럴게요, 하드자. 차분하게 굴지 않으면 돈을 그냥 가지고 돌아갈 거라고 계속 주의 줄게요."

"좋아. 넌 똑똑한 아이니까 믿을게. 너한테는 솔직하게 말하고 싶어. 오늘 아침에 알하드지가 사람들한테 나눠주라고 2백만을 주고 갔어. 그렇지만 백만은 내가 갖고 있어. 나를 위해서 쓰려는 건 아냐. 우리 가족들한테 필요한 게 있어서 쓰려는 건데, 이 얘기는 알하드지한테 안 했으면 좋겠어. 너도 개인적으로 필요한 데 쓸 수 있도록 2천을 줄게. 이건 우리 둘만 알고 있는 얘기야."

아이는 내가 아량을 발휘한 덕분에 제일 가난한 사람들에게 돌아가야 할 자카트의 일부가 자기한테 왔다는 걸 불만스럽게 여기지 않는다.

"그럼요, 당연하죠."

"혹시나 알하드지가 물어보면, 나는 2백만을 줬고, 넌 그걸 필요한 사람들한테 잘 나눠줬다고 해. 늘 하던 대로 말야. 여자들한테는 5천 프랑, 남자들한테는 1만 프랑씩 나눠줬다고 해."

"곧바로 그렇게 할게요, 하드자. 절 믿어요."

나는 다다 사레다. 첫째 아내라서 좋은 점들이 있다. 자카트도 바로 그런 좋은 점이고.

IV

지금 나는 집안 금고에서 재정 원조를 받는 셈이다. 알하드지는 금고를 정기적으로 채워 넣으며 필요에 따라 돈을 꺼내간다. 람라와 나에게 금고를 어떻게 여는지, 열쇠는 어디에 두는지도 보여줬다. 남편이 없을 때 돈이 필요할 경우를 대비해서 말이다. 그런데 위급한 상황이란 기다리고만 있을 게 아니다. 난 위급한 상황을 스스로 만들어내는 법을 알고 있다. 계략을 익혀서 활용하는 것이다. 아이들을 치과에 자주 데리고 가서 상처를 부풀린다. 의사들에게는 거짓으로 지어낸 질병에 약을 처방해달라고 하고는, 모퉁이에 있는 약국에 가서 영수증 액수를 높여서 써달라고 한다. 집에서 관리하는 가게에 쌓여 있는 도매용 물건들도 지금 같은 전쟁 상황에서 한껏 비대해진 내 상상력을 비껴갈 수 없다! 시장 일꾼들은 내가 소유지에 필요하다고 주문하는 기름이며 설탕, 쌀의 양을 보고 놀라지만, 말은 아주 아낀다.

나는 다다사레고 힘을 틀어쥐고 있다. 그 사람들은 나랑 갈등을

빚어봐야 하나도 좋을 게 없다. 게다가 나는 그들을 보호해주고 후하게 대접한다. 알하드지는 요즘 집안에서 쓰는 돈을 하나하나 살피지 않는다. 나는 늘 적당히 합리적인 선을 지켰으니까. 그렇지만 그건 알하드지가 둘째 아내와 결혼하기 전의 얘기다! 지금은 아주 작은 기회도 놓치지 않으려 살핀다.

한데 어느 날, 금고 안에서 유로화 뭉치를 발견한다. 카메룬의 화폐인 CFA 프랑과 비교하면 값이 아주 많이 나간다는 걸 알고 있다. 몇 주 전, 정말 속상하게도, 알하드지가 람라를 파리에 데리고 갔었다. 나는 한 번도 가본 적이 없다. 왜 나는 데리고 가지 않았느냐고 묻자, 알하드지는 그저 나는 거기 가봐야 소용이 없다고 답할 뿐이었다. 나는 교육을 받지 않았다면서. 난 프랑스어를 겨우 하는 수준이다. 그런 내가 유럽에 가봐야 무슨 의미가 있겠는가? 이 외국 돈은 남편과 둘째 아내가 바람을 쐬고 와서 남은 돈이 분명하다. 람라는 가방이 터질 만큼 채워 돌아왔고, 알하드지는 기껏해야 내게는 향수를, 아이들에게는 군것질거리를 가져다준 게 전부였다. 그저 내 화만 돋울 뿐이었다!

나쁜 주문을 걸어도 내가 기대하는 결과는 여전히 나오지 않았다. 람라의 부부 생활에 어마어마한 권태기를 만들어내고 싶은데 말이다. 그러다 머릿속에 생각이 하나 떠오른다. 아주 번뜩이는 아이디어라 웃음이 터진다. 금고에 있는 유로화는 내가 챙겨둘 작정이다.

할리마가 내 집으로 들어오자마자 나는 문을 단단히 걸어 잠근다. 그러고는 목소리를 낮춰 묻는다.

"이게 얼마인지 알아?"

"세상에, 사피라! 엄청난 돈이네. 유로잖아!"

내가 집착하며 묻는다.

"이거 얼마야?"

"1만 유로야! 6백만 프랑 정도 돼. 알하드지 집에서 훔쳐 온 거야?"

"흐으음, 할리! 확실히 얘기해두는데, 부부 사이에 절도 같은 건 없어. 난 그냥 복수를 준비하고 있을 뿐이라고. 지금 당장 이 돈을 쓸 필요는 없고."

"그러면 이걸로 뭘 하려는 거야?"

"두고 봐! 어린 아내 데리고 유럽 다녀오려고 남편이 나를 무식한 사람 취급했다고. 내가 무식하다는 걸 똑똑히 보여주겠어. 이 돈 좀 숨겨줄 수 있어? 믿을 사람이 너밖에 없어. 아무도 알면 안 돼. 조심해야 돼."

"보관할 만한 곳 알고 있어. 안심해도 돼."

"남편이 노발대발할 수도 있어. 인색한 사람이니까. 너네 집을 뒤

져볼 수도 있어. 우리가 친하다는 걸 알잖아."

"날 믿어, 사피. 내가 어디 보관했는지는 절대 못 찾을 거야."

며칠 뒤 남편은 엄청나게 중대한 이 범행을 알아채고는 호통을 치며 성을 냈다. 완전히 당황한 기색이었다. 지금은 람라가 남편과 보내는 차례였다. 고함 소리가 온 집 안에 울렸다. 무슨 일이 벌어진 것인지 즉각 알아챘지만, 나서지 않았다. 둘째 아내가 끔찍한 시간을 맞고 있을 거라 생각하며 속으로만 기뻐했다. 얼마 안 있어 남편이 나를 호출했고, 나는 얌전히 남편 집으로 갔다. 남편은 일어서서 씩씩대고 있었다! 람라는 안락의자에 앉아 울고 있었다. 내가 찾아가자 겨우 눈을 들어 바라볼 지경이었다. 나는 같은 편이라는 뜻으로 람라 옆에 앉았다. 곤경을 마주한 성스러운 동지처럼!

"마지막으로 금고를 열었던 게 언제지, 사피라?"

남편이 화를 내며 물었다.

"일주일 전인 것 같은데. 백만 프랑 좀 꺼내달라고 했었잖아. 내 기억으론 그때 당신 동생이랑 같이 있었고."

"금고에 돈이 얼마나 있었지? 정확히 얼마나 봤어?"

"모르겠어. 돈을 세어보진 않았으니까. 그냥 돈다발 중에서 백만 프랑만 꺼냈어. 내가 보관해둔 장신구랑 람라 장신구, 또 당신이 딸들한테 사준 보석들도 있었어. 그리고 다른 돈도 있었는데 그건 뭔지 모르겠어."

"그 돈이 사라졌어. 그게 유로화라고! 못해도 6~7백만 프랑은 될 거야. 유럽에서 갖고 돌아왔던 돈인데. 네가 실수로 가져간 거 아니야? 금고 열쇠를 가지고 있는 건 당신들 둘이잖아. 자백하는 게 좋을 거야!"

"없어졌다고? 난 아무것도 안 했어, 알하드지. 당신도 알잖아. 결혼한 지 22년이 지났는데 이제 와서 내가 훔칠 리 없지. 거기다 만약에 내가 훔쳤으면 분명 내가 알고 있는 돈을 훔쳤겠지. 두 사람 일에 날 끌어들이지 마! 거기다 난 그 유로 얘기는 처음 들어."

이 말을 듣고는 람라는 한층 더 울어댄다. 차마 쳐다보기가 힘들 정도다.

람라가 숨을 헐떡이며 말한다.

"저는 그 돈 가져가지 않았어요."

"나도 안 가져갔어."

남편은 낯설게 눈을 번뜩이며 묻는다.

"당신 둘 코란에 대고 맹세할 수 있어?"

진실을 끄집어내려 할 때면 항상 이슬람교를 최후의 수단으로 삼는다! 성서에 대고 맹세하는 건 아주 중대한 일이어서, 응당 맹세를 해야 할 아주 드문 상황에서나 하는 행동이다. 코란에 맹세하는 건 엄중한 위협이 될 수 있고, 심지어는 온 가족을 파멸시킬 수도 있다.

남편이 이기적이고 돈을 끔찍이 여긴다는 건 알고 있었지만, 이렇게나 극단적으로 나올 줄은 몰랐다. 그래서 깜짝 놀랐다는 카드를 내밀어보기로 마음먹는다.

나는 남편만큼이나 분개하면서 자리에서 일어난다.

"코란에 대고 맹세한다고? 농담하는 거지, 알하드지. 난 절대로 코란으로 장난치지 않을 거야! 나한테는 애들도 있다고!"

람라도 조그만 목소리로 선언한다.

"저도 우리 가족들이 허락하기 전까진 코란에 손을 올릴 수 없어요."

"그야 당신들이 결백하지 않다는 걸 알고 있어서 그런 거겠지. 당신들 집으로 돌아가. 곧 다시 부를 거야. 소란을 일으킬 건지, 아니면 우리끼리 일을 정리할 건지는 당신 둘한테 달려 있어."

람라가 짚고 넘어간다.

"집에서 일하는 사람들도 있잖아요! 그 사람들도 훔칠 수 있다고요."

나도 곧바로 말을 보탠다.

"당신이 아끼는 친구들도 항상 집에 오잖아. 그렇지만 당연히 당신은 친구들은 의심 안 하겠지."

"금고 열쇠를 가지고 있는 건 당신들밖에 없어."

람라가 꼬집는다.

"열쇠는 항상 같은 곳에 있잖아요."

"숨겨진 곳도 아니고……."

"둘 다 내 눈앞에서 꺼져. 곧 다시 부를 거야. 가서 잘들 생각해보고 있으라고!"

우리는 눈을 마주치지 않은 채 각자의 집으로 돌아간다. 둘째 아내가 괴로워하는 걸 보니 속으로 신이 난다. 이 기쁨을 온 세상 사람들 앞에서 감추자니 아주 고역일 지경이다. 드디어 둘째 아내도 결혼생활의 이면을 접하는 것이다.

둘째 아내가 결혼한 지는 이제 막 1년 남짓 되었다. 허니문 시절은 확실히 지나갔다. 알하드지가 으름장을 놓아봐야 난 무덤덤하다. 알하드지가 노발대발하는 건, 또 알하드지의 성질머리도 내겐 너무나 익숙하다.

한참 뒤, 알하드지가 일꾼 둘을 거느리고 내 집으로 들어온다. 나더러 나가 있으라고 한다. 다들 내 거처를 죄다 뒤집어놓는다. 의심스러운 눈초리로 카펫을 들추고, 천장을 살피고, 드레스룸에 넣어둔 옷을 뒤집어보고, 겁에 질린 아이들이 지켜보는 가운데 갖은 장식품을 죄다 열어본다. 나는 태연하게 지켜본다.

그리고는 람라 집으로 가서도 똑같이 한다. 아무것도 찾아내지 못해 화만 더 돋운다. 그리고는 다시 우리 둘을 부른다.

람라는 너무 울어서 눈이 빨개졌다. 아주 제대로 충격을 받은 것 같다. 남편은 우리를 한참 동안 뜯어보고는 입을 연다.

"나는 당신 둘을 믿었어. 이 나라 남자들은 모두들 아내한테 재산을 숨기고 지내지. 나는 최선을 다했어. 두 사람한테 결코 부족한 게 없도록 말이야. 어떻게 당신들이 내 돈을 훔칠 수가 있지? 아니, 다시 물을게. 뭣 때문에 그 돈을 가져간 거지? 자백하면 용서해주겠어. 계속 부인하면, 심각한 결과가 벌어질 거야. 난 그 돈을 꼭 찾고말 거거든. 원로들과도 의논하고, 경찰에도 신고하고, 범인을 찾도록 무슨 일이든 할 거야. 사피라, 이리 따라와."

남편은 나만 데리고 또 다른 거실로 간다.

"그래, 나한테 할 말 있어?"

"22년 동안 내가 뭘 훔친 적 있어? 당신이 둘째 아내랑 결혼하기 전에는 뭐가 사라진 적이 있었냐고?"

"그렇게 말해봐야 소용없어. 내가 새로 결혼한 걸 두고 다시 얘기해보자는 게 아니잖아."

"아무튼, 당신이 나한테 그랬지. 난 못 배워서 무식하다고. 프랑스어를 겨우 하는 정도니까 유럽에 갈 수는 없다고. 그런데 내가 유로로 뭘 하겠어? 어딜 가겠다고? 만약에 비행기를 타더라도 아는 곳으로 가겠지. 난 무식하다는 걸 잘 생각해봐. 당신이 얘기하기 전에는 그 돈이 뭔지조차 몰랐다고! 학교에 실컷 드나들고 파리도 갈 만큼 교육받은 사람한테나 물어보는 편이 나을걸."

그러고는 발길을 돌린다.

남편은 자신만만하고 대담한 내 반응에 우두커니 굳어 있다. 나는 다시 원래 거실로 돌아와서는 비웃는 말투로 람라에게 넌지시 말한다.

"네 남편이 저쪽 거실에서 기다리고 있어!"

우리를 꺾지 못해 신경이 날카로울 대로 날카로워진 우리 둘의 남편은 역정을 내고, 꾸짖고, 협박을 하지만 아무런 수확이 없다. 람라는 물론이고 나는 더더욱 코란에 대고 맹세하지 않겠다고 한다. 알라의 분노를 사느니 남편의 화에 맞서는 편이 훨씬 나으니까. 이윽고 최후의 수단으로 밤이 되자 남편이 마지막으로 우리를 다시 부른다. 이번에는 목소리를 높이지 않는다. 차디찬 눈길로 우리를 한참 동안 뜯어 살핀다. 굳어 있는 얼굴을 보니 낌새가 좋지 않다. 람라는 겁에 질린 채 제일 멀찍이 떨어진 안락의자에 앉아 있다. 울어서 잔뜩 부은 눈을 이제껏 뜨고 있는 게 용할 정도다. 알하드지는 엄한 눈으로 우리를 하나하나 훑어보고는 단호하게 묻는다.

"그래, 사피라, 뭐 할 말 있어?"

"아무것도 없어."

나는 알하드지의 눈을 똑바로 쳐다본다.

남편은 둘째 아내를 향해 묻는다.

"람라, 당신은?"

람라는 아무 말 없이 눈물을 흘리며 주저앉는다.

"그렇다면 둘 다 내쫓는다. 둘 다 공범이니까. 당신들은 내 돈을 훔치려고 날 배신하고 결탁했어. 둘 다 준비하고 나와. 운전기사가 지금 당장 두 사람 가족한테 데려다줄 거니까. 더 이상 할 말 없어. 나가도 좋아."

람라는 아무런 대꾸가 없다. 한 마디 없이 자리에서 일어나 자기 집으로 돌아간다. 겨우 십 분이나 지났을까, 다시 집에서 나와 차에 올라탄다. 나는 차분하게 앉아 있다. 둘째 아내가 떠난 뒤, 알하드지는 굳은 얼굴로 나를 경멸하며 쳐다본다.

"둘 다 내쫓는다고 말했을 텐데. 둘째 아내는 벌써 떠났어. 뭐 하고 있는 거야? 어서 가 버려!"

"이건 부당해. 당신은 억만장자가 됐고, 그렇게 재산을 쌓은 건 우리가 결혼하고 나서였잖아. 나랑 결혼했을 때 당신은 괜찮고 다정한 남자였다고. 그러다 은행 잔고가 불어날수록 마음도 굳어갔어. 처음에는 우리 서로 사랑했다고! 그러다 나만으로는 충분치 않다고 당신은 결정을 내렸지. 아니, 잘 배운 여자, 어린 여자가 필요했던 거지. 난 전부 다 받아들였어. 그런데 이제는 당신 유로화를 훔친 게 아니냐며 나를 의심하고 있어. 6백만 프랑이라고, 알하드지! 20년 동안 결혼생활을 하면서 희생한 사람을 생각해봐. 그런 사람이 곁에 있는데 억만장자한테 6백만 프랑이 뭐가 중요해? 내가 낳아준 여섯 아이들을 생각해봐. 6백만 프랑이 뭐가 그렇게 중요해? 우리가 함께 지내온 시간을 따져봤을 때 그 돈이 뭐 그렇게 의미가 있어? 당신이 그동안 나한테 선물해줬던 보석들만 해도 6백만 프랑은 훌쩍 넘어. 그 보석들 당신한테 주겠어. 하지만 난 떠나지 않을 거고, 아이들도 버리지 않을 거야."

남편은 아무 말도 없다. 난 자리에서 일어나 밖으로 나간다. 30분이 흘러, 아이들과 같이 저녁을 먹고 있는데 운전기사가 내 집으로 들어온다.

"하드자, 저 돌아왔습니다."

"그래서요?"

"알하드지께서 전해달라고 하시기를…… 차가 기다리고 있다고요."

운전기사는 난처해하며 말을 맺는다.

나는 그대로 따른다. 이건 품위가 걸린 문제다! 이렇게나 무례하게 쫓겨나서 잠자코 있을 수는 없다.

아버지의 소유지로 나를 돌려보내는 차 안에서 부지런히 생각을 해본다. 내 목표는 달성했다. 람라를 내쫓는 데 성공했으니까! 그렇지만 나도 낭패를 봤다. 이렇게 떠나기는 하지만, 이혼 문제는 훨씬 더 중요하다. 아이들은 아직 어리고, 별 볼 일 없는 우리 가족은 내게 의지하고 있다. 조금 전부터 말이 없던 운전기사도 더 이상은 궁금증을 억누를 수 없는 모양이었다.

"무슨 일이죠, 하드자? 이렇게 여쭤봐서 죄송하지만, 정말 이해가 안 가서요."

"집 안에서 돈을 도둑맞았어. 유로가 없어졌는데, 남편이 우리 둘을 탓하고 있어. 22년 동안 우리 집에서 단 1프랑도 사라진 적이 없는데 말야. 자네가 그 증인이지, 바카리! 자네가 여기 온 지 못해도 10년은 됐으니까."

"맞습니다, 하드자!"

"남편이 결혼하는 바람에 이런 일이 벌어진 게 분명해! 나를 시누이 집에다 내려줘. 시누이 남편이 내 백부님이고, 또 알하드지의 가까운 친구니까. 어쩌면 일단은 그분께 털어놓는 게 낫겠어."

"잘 생각하셨어요, 하드자. 그렇지만 부탁드릴게요. 제가 시누이 댁에다 내려드렸다는 얘기는 하시면 안 돼요. 두 분 모두 부모님 댁으로 데려가라고 알하드지께서 명령을 내리셨다고요."

"어차피 우리 아버지 소유지는 우리 백부님 댁이랑 그리 멀지 않아. 백부께서는 내가 걸어서 왔을 거라고 생각할 거야."

시누이 방에 들어서자마자 오열하며 바닥에 주저앉는다. 지난 몇

달 동안 고생한 것이 서러워 울고, 남편이 나를 배신하고 무정하게
구는 것 때문에 운다. 남편은 고작 돈 때문에 나를 내쫓았다. 내가
우는 것을 보고 최악의 사태가 벌어진 것이라 짐작한 시누이는 통
곡하는 나를 붙들고 걱정스러운 목소리로 캐묻는다.

"무슨 일이야, 사피라? 우리 동생 때문에 그래? 죽은 거야? 아이들
일이야? 무슨 일이기에 그래? 말해봐, 애간장 끓게 하지 말고!"

"아무도 안 죽었어요. 저는 죽었지만요. 제 심장은 부서졌지만요.
알하드지가 제 마음을 죽였어요."

"무슨 끔찍한 일이 벌어졌기에 그래?"

시누이는 자리에서 일어나 커튼을 내려 궁금해하는 다른 아내들
과 그 자식들의 눈길을 피한다. 옆에 있는 카나리에서 물을 떠와서
는 내게 내민다.

"자, 물 좀 마시고 마음이랑 정신을 좀 가라앉히렴. 인내해라, 참
아야 해, 사피라! 어떤 문제든 해결책은 있게 마련이야. 해결책이 없
는 문제는 죽음밖에 없지. 무슨 일이 있었는지 얘기해보렴."

"알하드지가 절 내쫓았어요."

"뭐라고? 네가 무슨 큰일을 저질렀기에 쫓아낸 거야?"

"왜 꼭 제가 뭘 했다고 생각하시는 거예요? 왜 꼭 무조건 제 잘못
인 거예요? 저는 나쁜 짓 하나도 안 했어요. 거기다 알하드지가 람
라도 내쫓았는걸요."

"뭐라고? 둘 다? 아니, 제정신이야? 미친 거야?"

"미쳤다고 할 수 있죠. 알하드지는 돈에 항상 미쳐 있으니까요. 알하드지가 돈을 도둑맞았어요. 돈이 사라졌다는데, 우리를 추궁했어요. 그치만 언니는 저를 잘 아시잖아요. 전 살아오면서 한 번도 훔친 적이 없다고요. 남편이 바카리에게 저희를 부모님 댁으로 돌려보내라고 시켰어요. 전 일단 여기로 오겠다고 한 거고요. 아무리 그래도 살리 백부는 제 대부님이시잖아요! 이런 일이 벌어진 줄 우리 아버지가 아시면 호되게 꾸짖으실 거예요."

"잘했네! 자네는 똑똑한 여자라니까! 힘든 순간에도 가족들을 지키다니. 아, 신이시여, 제 동생이 대체 어떻게 된 겁니까? 이렇게 부끄러운 일이 다 있나! 너를 지키지 못했다면, 적어도 자기 자식들은 지키고 내 명예도 생각했어야지! 네 백부 앞에서 내가 이게 무슨 망신이야. 내 동생이 비겁하게 굴었다니 유감이네. 가족 안에서 이렇게 긴밀하게 관계를 맺고 있으면 아주 세심하게 처신해야 하는 법인데. 아, 동생아! 너는 나도 죽이려드는구나."

시누이는 나와 함께 눈물을 흘리며 탄식한다.

"전 이제 어떻게 해야 돼요? 벌써 시간이 늦었네요. 아무래도 집으로 돌아가야 할지도 모르겠어요, 제 부모님 댁으로 말이죠!"

시누이가 씁쓸해하며 말한다.

"가만히 있어. 내 동생한테는 풀라쿠가 없을지언정, 나한테는 아직 있으니까! 내가 직접 네 백부를 만나보고 너를 집으로 다시 데려 갈게! 네 남편과 아이들이 있는 집으로 말이야. 부모님 댁으로 가지 않은 건 아주 잘한 일이야. 이런 일이 벌어진 줄 알면 아주 모욕적이라고 생각하실 거야. 부끄러운 일이지! 참아, 사피라. 결혼은 원래 이런 거야. 일부다처제가 원래 이런 거고. 나도 고생하고 있으니까. 제일 마지막에 들어온 아내가 도벽이 있다니까!"

백부는 우리를 차에 태우고 가서는 알하드지와 오랫동안 이야기를 나누었다. 시누이는 나를 데리고 엉망진창이 된 내 집으로 다시 들여보냈다. 알하드지가 집을 난장판으로 만든 것을 보고는 화를 냈다. 시누이는 연신 구시렁거리면서 자기 동생을 욕하고는 할 수 있는 만큼 정리를 했다. 내게는 또 한 번 더 참으라고 두둔했다. 떠나기 전, 시누이는 자기 남편과 한창 이야기를 나누고 있는 우리 남편에게 나를 데려다주었다. 시누이가 남편보다 나이가 많은 이상, 알하드지는 말을 들을 수밖에 없었다. 시누이는 곧바로 카펫 위에 앉고, 나는 자기 옆에 앉힌 다음에 운을 뗀다.

"알하드지, 너도 참을성 있게 굴어야지. 솔직히 나는 네 태도에 엄청 놀랐어."

"그렇지만…… 아내들이 도둑질을 했다고! 난 내가 할 수 있는 일을 했을 뿐이야. 누나도 알잖아, 내가 아내들한테 모자란 거 없게 해줬던 거. 내 믿음을 배신했다고."

196

"하여간 참 재빨리도 행동에 나섰네. 어떻게 아내 둘 다 내쫓을 수가 있어?"

"사실대로 얘기하지 않겠다고 하니까 그렇지. 그 돈은 아내들이 가져간 게 확실하다고."

우리 백부가 콕 집어 말한다.

"증거가 하나도 없잖아!"

"둘이 결백하다면 코란에 대고 맹세하지 않겠다고 할 만한 이유가 있겠어?"

시누이는 질색하며 소리를 지른다.

"코란에 대고? 너 정신 나갔구나. 어떻게 아내들한테 코란에 손을 얹으라고 할 수가 있어? 온 가족이 죽을 수도 있는 일인데. 그러면 너도 죽고, 자식들도 죽고, 나도 죽을 수도 있어. 망하는 건 고사하고, 끔찍한 질병, 불행까지 불러올 수 있다고! 너도 잘 알고 있잖아!"

알하드지가 매몰차게 말한다.

"코란에 대고 맹세하지 않겠다고 하면, 그게 곧 죄를 지었다는 증거라고들 했어."

"아니지! 넌 어떻게 돈 때문에 그런 위험한 짓을 하고, 또 코란으로 장난을 칠 수가 있어?"

백부가 말을 보탠다.

"설령 증거가 있다 해도 아내를 내쫓으면 안 되지. 그런 식으로 가볍게 장난치면 안 돼. 이혼은 알라께서 허락하신 것 중에 제일 꺼리시는 행동이야. 이혼은 알라의 권좌를 흔든다고 가르치고 있어. 아내를 내쫓는 건 아주 심각한 경우에만 해야 돼. 절대 가벼운 마음으로 해서는 안 되는 거야. 그리고 나서 곧바로 화해한다 하더라도 아무튼 내쫓은 건 내쫓은 거야. 세 번이면 결혼생활이 끝난다고. 그러면 서로 사랑하더라도, 사이좋게 잘 지내더라도, 더는 재결합할 수가 없어. 생각을 해봐, 알하드지 이사. 넌 아내들을 벌써 충동적으로 한 번씩 쫓아낸 거잖아?"

알하드지가 마음을 누그러뜨리며 말한다.

"정말로 화가 나서 정신이 나갔었어요. 어쨌건 간에 6백만 프랑은 6천 프랑하고 차원이 다르잖아요! 그렇지만 아무튼 확실히 알고 있어요. 이제껏 같이 지내는 동안 사피라는 아무것도 훔친 적이 없죠."

그 말에 난 속이 왈칵 뒤집어져 통곡을 한다. 아니지! 지금까지는 한 번도 훔친 적이 없다. 그렇지만 이번에는 결코 결백하지 않다. 하지만 그 돈을 갖겠다는 마음보다 강렬했던 건, 무슨 수를 써서라도 둘째 아내를 없애버리고 싶다는 마음이었다. 둘째 아내 자체에게 서운한 것은 없었다. 아니, 둘째 아내는 그저 경쟁 상대일 뿐이다. 나 역시도 이렇게 변한 내 모습이 마음에 들지 않는다. 그렇지만 나한테 다른 선택권이 있기는 했던가?

문득 모든 걸 털어놓아야겠다는 생각이 들었다. 모든 진실을 이 사람들 보는 앞에 내던져야겠다는 생각이. 내 원망을 털어놓고, 모른 채 지나쳤을 다른 도둑질도 알려야겠다는 생각이. 내가 왜 그렇게 돈이 필요했는지를 얘기하고 싶었고, 내가 나쁜 주문을 걸고 다닌다는 걸 털어놓고 싶었다. 그렇지만 살아남아야겠다는 본능 때문에 입을 닫았다. 어느 누구도 절대로 알아서는 안 되었다. 내 명예이자 내 행복이 걸린 문제니까.

시누이는 람라를 찾으러 가겠다고 나섰고, 알하드지는 조용히 응했다. 나는 이를 악물었다. 아직 어느 것도 끝나지 않았다. 시누이가 자리를 뜨자, 아직 카펫 위에 앉아 있는 내게 남편이 다정하게 말했다.

"잘 됐다, 사피라. 난 네가 결백할 줄 알았어. 눈물 그쳐. 이제 아이들 곁으로 돌아갈 수 있어."

백부가 말을 덧붙였다.

"좀 더 참아라, 사피라. 울어봐야 아무 소용없어. 인내해라! 너는 다다사레야. 집안에 문제가 생기면 당연히 너한테 화가 돌아간다. 참아라, 사피라! 인내라는 나무의 뿌리는 쓰지만 열매는 아주 단 법이니까."

"맞아요! 사피라는 늘 참는 좋은 아내예요. 이젠 일을 뒤죽박죽으로 만들고 그르쳤을까 봐 걱정하지 마세요. 제가 정신이 나갔어요. 전부 원래대로 돌려놓을게요. 이제 가보세요!"

다시 원래대로 생활이 돌아간다. 나는 두바이로 가서 남들 모르게 보석상을 찾아가 1만 유로를 내고, 팔려고 내놓은 보석을 대신할 만한 완전히 똑같은 것을 구한다. 남아 있는 돈으로는 할리마가 두알라에 다녀오도록 채비를 한다. 할리마가 그 돈을 환전해서 은행 계좌에 넣도록 말이다. 말할 것도 없이 비밀 계좌다. 이제는 전진하기로 마음을 굳게 먹는다.

V

"방으로 와, 얼른! 너한테 중요한 얘기 할 거 있어!" 할리마가 들떠서 말한다.

절친한 친구 할리마가 조금 전 내 집에 도착했다. 할리마의 희한한 옷차림을 보니 여행을 마치자마자 곧바로 온 것 같았다. 먼지는 누렇게 앉고, 주름투성이에, 색이 선명한 왁스 천으로 만든 예쁜 옷을 입고 있다. 피곤해서 매무새는 후줄근했지만, 기뻐하는 모습이 역력하다. 잽싼 발걸음으로 복도에 접어든다. 할리마가 들어서자마자 난 곧바로 문을 잠근다.

"어디서 온 거야?"

"그야 중앙아프리카지. 너한테 얘기했던 대로 우리 제이나부 고모 댁에 다녀왔어. 자기 집 근처 원로들을 쉴 새 없이 자랑하셔서, 내가 직접 확인을 좀 해봐야 했거든. 그렇지만 정말 어마어마한 원로들이라고 지금 이 자리에서 장담할 수 있어. 조금 더 일찍 찾아갔더라면, 쓸데없이 걱정할 일도 없었고 말도 안 되게 돈을 쓸 일도 없었을걸."

"아 그래?"

"말했잖아, 엄청나다고! 나 방금 막 버스에서 내려서 우리 집에도 안 들르고 바로 여기로 온 거야. 너한테 해줄 얘기 전부 들려주려고 엄청 서둘렀어."

"얘기해줘!"

"아, 너도 나랑 마찬가지네! 엄청 마음이 급하잖아. 사랑에 빠진 암비둘기보다도 더 안달을 내는걸! 사랑은 끝없는 길만큼이나 길고, 우물처럼 깊고, 불처럼 타오르고, 창으로 찌르는 것처럼 고통스럽다더니 정말인가 봐? 확실하네!"

할리마는 웃음을 터뜨리며 덧붙인다.

"개똥철학은 됐고, 얼른 얘기해줘. 나 귀 기울여 듣고 있다고!"

"그래, 이틀 내리 한참을 가다가 고모네 도착해서, 일단은 며칠 숨을 돌렸어. 그리고는 제이나부 고모랑 내가 바로 그 문제의 원로한테 찾아갔지. 고모는 불과 1년 전에 자기 남편이 자기를 엄청나게 무시했다고 했어. 고모한테는 더 이상 시간도 쓰지 않았고, 고모의 갖은 일거수일투족을 질색하고 짜증을 냈다는 거야. 그래서 고모가 여러 원로를 만나보고 기도도 올렸는데, 아무것도 소용이 없었대. 그러다가 고모가 힘들어하는 걸 눈치채고는 중앙아프리카 출신인 어느 친구가 도와주려고 찾아왔대. 바로 그 친구가 고모를 데리고 그 기적을 일으키는 원로에게 갔던 거지."

"그렇게 말할 정도야?"

"이젠 고모가 어딜 가든 남편이 어찌나 따라다니고 충성스러운 개처럼 고모 주변만 맴도는지, 한번 가서 봐봐."

"말도 안 돼!!!"

"나는 고모네 가봤잖아. 직접 확인을 했지. 그리고 진짜 장난 아닌 게 언젠가 하루는 고모가 피곤하다고 투덜거리니까 고모 남편이 직접 요리를 하는 거 있지. 난 부엌에 들어가지도 않았어. 남자가 자상하고 다정한 건, 그래, 그럴 수야 있지! 그런데 남자가 요리를 한다고? 정말 믿기 어려웠어. 진짜라니까!"

"너 평소에 그러던 것처럼 말을 부풀린 게 아니라는 거, 확실해?"

그녀는 웃음을 꾹 참으면서 화가 난 척 내게 눈을 흘긴다. 나는 마저 말을 이어간다.

"그럼 얘기해줘! 네가 그 기적을 일으키는 원로한테 찾아갔다는 거지?"

"응. 숲을 가로질러서 가야 하는 곳이었어. 풀숲을 하루 종일 걸었지. 알고 보니 그 원로는 여자였어. 나이는 가늠할 수 없지만 제법 연배가 있는 여자였지. 주름이 정말 많고 바싹 말라 있어서, 곧 있으면 죽을지도 모르겠다는 생각이 들 정도였어. 그런데 어쩜 그런 인품과 다정함이 느껴지던지! 꼭 다른 세상에서 온 사람 같았어."

"다른 세상?"

"말하자면 평행우주 말야. 그 사람이 한창 때에, 결혼도 하고 아이도 있었는데, 저지대에서 익사를 했는데, 시체를 찾지 못해서 다들 공기의 정령이 데려간 모양이라고 짐작했대. 그런 일이 곧잘 일어나니까. 그런데 놀랍게도 30년 뒤에 같은 장소에 다시 나타난 거야. 온 가족들이 알아보고 말야. 그러니까 공기의 정령에게 갔다가, 특별한 힘을 얻고 다시 돌아온 거지."

"너는 그런 얘기를 믿어?"

"이런 일을 겪은 게 그분이 처음은 아니라니까. 봐봐, 바파 지다도 있잖아. 너도 알지, 그 마을 입구에 있는 점쟁이, 그 사람도 마요 페르고에서 공기의 정령이 데려갔던 것 같아. 공기의 정령과 오랫동안 지냈대. 그러면서 앞일을 내다보는 능력이 생긴 거야. 거기다가 정령에 사로잡힌 그 마요가 매년 아이들을 한 명이나 여러 명씩 끌고 가는 것 같아. 너도 그렇다는 얘기 들어봤지, 안 그래?"

"그래, 맞아. 그렇게들 얘기하지. 그러면 너 그 원로를 만날 수 있었던 거야?"

"그 사람이 어디 사는지 너도 좀 봤으면 좋았을 텐데! 적도 지방에 있는 숲 한가운데에 사는데, 사람들이 수백 명씩 상담하러 찾아와서는 한참을 기다린다니까. 만날 때까지 몇 주는 물론이고 몇 달씩도 기다려. 나는 운이 좋았지! 내가 아주 멀리서 온 걸 알고는 바로 상담을 해줬거든."

"그래서?"

"그 원로가 있는 곳으로 들어가면 낯선 목소리가 울려 퍼지는데, 그 말을 해석할 수 있는 건 원로 한 사람뿐이야. 소름이 돋더라니까. 너한테 도움이 될 만한 걸 잔뜩 알려주셨어. 네가 과거에 힘든 시절을 보냈던 것도 보시더라고. 둘째 아내의 어머니가 너한테 주문을 걸었다는 것도 알아맞혔어. 주문을 떨쳐내는 치료법을 알려주셨는데, 그걸 따라서 몸을 씻어야 돼. 그렇지만 가장 중요한 건 뭐냐면, 마지막 순간에 비밀을 하나 귀띔해주셨다는 거야. 여자들의 비밀을 들려주셨어. 제일 아끼는 친구들한테만 얘기하는 비밀 말이야. 내게 그런 선물을 주겠다고 결심하신 이유는 말이지, 그 원로 말씀으로는, 내 마음이 순수하고 우리 우정이 굳건한데, 이런 일은 드물기 때문이라고 그러셨어. 한 마디로, 내가 친구라니 넌 운이 좋다는 거야!"

"자랑은 그만하고, 그 엄청난 비밀이라는 것 좀 알려줘. 애타게 하지 말고."

말도 안 될 정도로 희망이 차오른다. 어쩌면 평온한 생활을 되찾는 데 꼭 필요한 무언가를 드디어 할리마가 찾아낸 게 아닐까?

"어쨌든 너가 정화를 하려면, 지금은 여자들의 비밀을 활용해야 한다고 말씀하셨어. 남자를 영영 네게 붙들어놓는 비밀이래."

"대체 그 비밀이 뭐야?"

"얘기해줄게. 어떻게 해야 하냐면, 남편과 같이 있을 때마다 네가 몸을 씻었던 물을 모아야 돼. 그러니까 그 물에는 너와 남편 모두의 분비물이 내밀하게 뒤섞여 있는 거지. 그 물에 특별한 껍질을 담가 두었다가 남편이 마시게 하면, 남편은 네게 완전히 붙들릴 거야. 더 이상은 다른 여자를 탐내지 않게 될 거라고. 만약에 둘째 아내를 챙기려고 하더라도, 그전에 너부터 먼저 떠올리고 챙기게 될 거야. 정말 그렇게 됐으면 좋겠다! 그리고 너랑 남편이 서로 만나지 않더라도, 특별한 껍질이 다 떨어지더라도, 그래도 네가 몸을 씻은 물을 남편이 먹게 만들어야 돼. 항상!"

"응? 그렇게 하는 건 나쁜 일이잖아!"

"아, 그래? 뭐, 좋아. 그럼 아무것도 하지 말고 있어! 귀부인께서는 양심에 가책이 되는 모양이지. 그렇지만 앞으로 더 이상은 나한테 투덜거리러 찾아오지 마!"

할리마가 엄하게 말한다.

"흐음…… 나한테 별다른 선택지가 없는 건 맞지!"

"당장 오늘 밤부터 해보는 걸 추천해. 남편이 먹는 음식에, 차에, 물에 집어넣어. 남편 입에 들어가는 거에는 죄다 넣어."

"문제는 남편이 늘 다른 사람들이랑 식사를 한다는 거야. 다른 사람들이랑 똑같은 물을 마시고, 똑같은 차를 마신다는 거지……."

"그게 뭐? 다른 사람들이야 알 바 아니야. 그 사람들은 네가 생각하는 바로 그걸 마시겠지. 어쩌면 나중에 가서는 전부 다 너한테 푹 빠질지도 모르고!"

나와 한통속이 된 할리마가 덧붙인다.

"그러네. 아니면 남편한테 더 빠질지도 모르지! 남편 것도 같이 마실 테니까 말야!"

"그러든 말든 상관없지! 부자들의 식사를 항상 나눠먹으러 오게 되겠지. 가난한 사람들의 음식을, 자기네들 아내가 해주는 먹거리를 귀하게 여기고 자기들 집에 머물렀어야 되는데 말이야. 자기들이 멀리하는 음식 말이지. 음식을 제대로 챙겨 먹지 못하는 아내와 아이들을 버려두고는 부끄러운 줄도 모르고 맛있는 걸 먹으러 오다니 염치가 없잖아. 자기 자식들은 배를 곯고 있는데. 그 사람들은 받아 마땅한 걸 받을 뿐이야."

"너도 꽤 살벌하구나!"

"그야 좋을 대로 생각해. 있지, 내가 전에 알하드지의 심복으로 일하는 수카 얘기를 들은 게 있거든. 언젠가 전통적인 전야제 행사가 열렸는데, 돈 많은 알하드지들 중에 한 명이 웃으면서, 자기 이웃 남자 하나가 임신을 했다는 소식을 들고 왔대. 전부들 그 말에 동의하면서 알하드지의 말을 믿었지. 딱 한 사람만 빼고 말야. 그 사람은 남자가 임신할 수는 없다고 지적하면서, 그러니 그 소식은 분명 잘

못된 거라고 했어. 알하드지는 기분이 상해서는 그 건방진 사람을 내쫓았지.

그 사람은 자기 집으로 돌아갔는데, 가난을 견디기가 점점 어려워지자 어느 날 저녁 알하드지의 안뜰에 찾아와서는 세상에서 제일 진지한 태도로 알하드지에게 말했어. '알하드지, 정말 믿을 수 없는 일이지만, 당신 말이 맞았습니다. 당신께서 임신했다고 말했던 그 이웃이 오늘 출산을 했어요.' 그렇게 해서 그 사람은 자기 주인의 신임을 되찾고 알하드지의 자울레루에 다시 받아들여졌지. 이 얘기 듣고 숨넘어갈 듯이 웃었다니까. 너네 집에 불러들인 식객들이 생각나서 말이야."

"할리마! 과장이 심하잖아!"

"과장인지 아닌지 어떻게 알아? 아무튼, 그 사람들도 네가 몸을 씻은 물을 마시는지는 상관할 바 아냐. 오늘 밤부터 당장 행동에 옮겨. 난 이제 일어설게. 내 집으로 돌아가야지. 나도 똑같은 방책을 남편한테 쓸 작정이니까, 날 믿어. 사피라, 제발 좀 부탁이야. 내가 조금 전에 얘기한 거 허투루 넘기지 마."

"당연히 그냥 넘기지 않을 거야!"

"그것 때문에 내가 2주를 고생했다니까. 생각해봐. 벌레한테 쏘여가면서 그랬다고, 심지어 전갈한테도 물렸고. 숲속을 얼마나 걸어 다녔는지 벌레들한테 뒤덮일 지경이었다니까. 그걸 또 수백 킬

로미터나 걸었다고!"

　"너한테는 아무리 고맙다고 해도 모자랄 거야. 안심해, 전부 다 해 볼게. 약속해."

VI

이번에는 성공하겠다고 작정했다. 둘째 아내를 쫓아 보내는 데 성공해야만 했다. 그렇지만 한발 더 나아가, 이제부터는 교육을 받고 싶었다. 둘째 아내처럼 말이다! 알하드지에게 부탁해 문맹 퇴치 수업을 듣게 해달라고 했고, 알하드지는 빈정거리기는 했지만 받아들였다. 선생님이 정기적으로 집에 찾아와 일주일에 몇 시간씩 나를 가르쳤다. 나는 부지런하고 끈기 있는 모습을 보였다. 선생님을 보내고 나면, 매번 몇 시간씩 자리 잡고 앉아 글씨를 쓰고 글을 읽어보려 노력했다. 아이들은 재밌어하는 동시에 협조적이고 자랑스러운 태도로 자기들이 할 수 있는 한 나를 도와줬다.

몇 달이 흐르면서 난 발전해 나갔다. 이제는 읽고 쓸 수 있게 되었다. 핸드폰을 사용하고 메시지도 보낼 수 있었다. 이런 모든 발전이 활기를 불어넣어주었다. 람라가 운전을 배우겠다는 뜻을 내비치자, 나도 기회를 붙잡아 같이 배우러 갔다. 알하드지는 아주 위급할 때만 운전면허를 사용해야 한다는 조건을 내걸고 결국 우리 뜻을 받아들였다. 늘 그러하듯이, 우리를 태우고 다니는 건 운전기사의 몫이었기 때문이다. 람라와는 딱히 문제가 없었지만, 난 여전히 람라가 미웠고, 람라를 내보내고 싶다는 생각뿐이었다. 아무리 친절하고 날 존경한다 하더라도, 둘째 아내는 어디까지나 둘째 아내일 뿐이다. 둘째 아내는 친구가 아니다—동생은 더더욱 아니다. 둘째 아내의 미소는 그저 순전한 위선일 뿐이다. 둘째 아내가 친근하게 구는 것은 방심하게 만들어서 더 쉽게 무너뜨리려는 술수일 뿐이다.

나는 경계를 늦추지 않았다. 주문도 계속 걸었다. 거기에다 남편을 오로지 나만의 것으로 되찾아오는 데 요긴할 만한 것들은 모두 다 했다. 할리마가 알려준 '여자들의 비밀' 말고도, 내 데판데 도중에는 늘 남편의 차에 최음제를 집어넣었고, 람라의 데판데가 시작할 때면 남편의 냉장고 안에 있는 물병에 수면제를 타 넣었다. 남편과 나의 내밀한 관계는 좋은 쪽으로 잔잔하지만 확실하게 바뀌어 나갔다. 나는 방에 숨어 야한 영화를 몰래 보고, 남모르게 점점 더 초췌해지는 동시에 대담해졌다. 나이지리아나 차드에서 들여와 여자들이 이 집 저 집 다니며 비밀리에 팔고 다니는, 젊음을 되찾아준다는 향유도 이런저런 종류들을 서슴없이 샀다. 또, 남편의 성욕을 되살려준다고 하는 온갖 마법의 풀이며 가데도 찾아다녔다.

그리고 바라던 대로, 효과가 있었다! 내 왈란데 날 저녁이 될 때마다 남편의 물컵에 비아그라를 슬쩍 부숴서 넣었다. 이튿날 람라의 왈란데가 됐을 때 남편이 아무것도 할 수 없게 만들려면 비아그라를 죄다 써버려야 했다. 시치미를 뚝 뗀 채로 나는 무시무시한 상대가 되어갔으며, 이따금 자식들과 집안 하인들을 이용해 내 목적을 달성했다.

람라를 향한 공격은 끊임없이 거세졌다. 모두 다 먹혔다! 람라가 쿠스쿠스를 만들려고 준비해둔 고기와 밀가루에 모래를 집어넣었다. 람라가 만든 소스에는 소금을 더 쳤다. 내 왈란데를 마치고 나설 때도 부부가 함께 쓰는 침대 시트에다 몰래 모래를 흘려두었다. 난 비누와 휴지를 감추고 수건을 더럽혔고, 그러면 알하드지는 불평하면서 람라에게 성을 내고 짜증을 냈다. 람라는 뭐라 말도 못 했다. 람라는 부엌에서 조용히 식사를 만들고는 했는데, 그럴 때면 난 절대로 부엌에 가지 않았다. 나를 결코 의심할 수 없도록 말이다. 당연한 얘기지만, 람라가 만든 음식이 도저히 먹을 수 없는 날이면 알하드지는 언제든지 내 집에 와서 닭고기와 빵을 먹을 수 있다는 사실을 알고 있었다. 그럴 때면 자식들은 뛸 듯이 기뻐했고, 남편에게 수많은 이야기를 재잘거렸다. 둘째 아내는 한없이 기다리기만 하는 와중에 말이다.

하인들에게는 돈이며 온갖 선물을 주어 내게 충성하도록 만들었다. 급기야는 알하드지가 신임하는 일꾼들 가운데 몇몇을 매수해서 내 편으로 만들어 람라를 공동의 적으로 삼으며 교활하게 동맹 관계를 맺었다.

아무것도 모르는 둘째 아내 주위로 마치 거미처럼 철저하게 장막을 쳤다. 내가 요령껏 팽팽히 쳐놓은 덫에 둘째 아내는 어김없이 걸렸으며, 알하드지에게 질책을 받고는 했다. 나는 알하드지를 속속들이 꿰고 있었고, 그를 돌게 만드는 것이 무엇인지 정확히 알고 있었기에 그가 예민하게 구는 지점을 활용했다. 알하드지는 람라에게 모욕을 주는 데서 그치지 않았다. 때로는 내가 소극적으로 도우러 갔다. 그런 와중에도 나는 세력을 넓혀갔다. 내가 힘을 키워감에 따라 람라와 남편의 조화롭던 관계는 사그라들었다.

나는 아름답게 단장하고는 새 옷을 챙겨 입었다. 속옷도 과감하게 골라야 했다. 관능적으로 꾸미고는 심지어 이젠 진주로 만든 허리띠도 주저 않고 당당하게 걸쳤다. 점점 더 대담한 잠옷을 사들였는데, 놀랍게도 남편은 그 모든 걸 기쁘게 여겼다. 주기적으로 새로 땋는 머리칼에는 머리 타래나 붙임머리를 슬쩍 집어넣었다. 미용 크림이며 호화로운 비누에도 아낌없이 투자하면서, 지금도 이미 깨끗한 내 피부를 람라의 피부만큼 하얗게 만들 수 있도록 새로 나온 미백 제품은 망설이지 않고 써봤다. 가장 강력한 향과 가장 값비싼 향수를 손에 넣었다. 발바닥과 발톱은 늘 헤나로 검게 물들였다. 규칙적으로 새로 하는 헤나 타투는 매번 다른 모양으로 바꿨다. 제일 이색적인 부위에 과감하게 그림을 그렸다. 허리가 잘록 들어간 부분, 엉덩이 위쪽, 심지어는 둥근 가슴 위까지도. 음탕하게도 나는 그런 곳에 알하드지의 이니셜을 새기며 지나치리만큼 비대한 알하드지의 자의식을 만족시켜줬다.

내 데판데 동안에는 알하드지의 집을 구석구석 청소하며 비단이나 고급 면으로 만든 침대 시트를 새로 깔았다. 알하드지가 쓸 향기로운 목욕물을 준비하고, 욕실까지도 서슴없이 따라 들어가 유쾌하게 재잘대거나 부드러운 스펀지로 몸을 닦아주었다. 목욕을 마치고 나오면 나는 꼭 어린아이에게 해주듯 알하드지의 몸을 닦아주고 매일 저녁 다른 오일을 써서 오랫동안 마사지를 해주었다. 알하드지는 이렇게 신경을 써주는 모든 것에 기뻐했고, 내게도 그런 티를 냈다. 나는 내 데판데를 마칠 때 나의 아름다운 침대 시트를 챙겨 들고 원래 있던 시트를 남겨두었다. 구석진 곳에다 몰래 소변을 흘려두고 역겨운 악취를 풍기게 해서 알하드지의 후각을 괴롭혔다. 알하드지가 내 데판데를 떠올리고, 그리워하고, 내가 잠시 떠나 있는 것을 아쉬워했으면 싶었다.

람라는 점점 더 서글퍼했으며, 점점 더 생기를 잃어갔다. 이제는 조금도 애를 쓰지 않았으며, 그렇게 되는 대로 흘러가도록 내버려둘수록 남편의 화만 돋울 뿐이었다. 싸움이 막바지에 이르렀다는 게 느껴졌고, 곧 거머쥘 승리의 기쁨을 미리 만끽했다.

남동생을 통해 발신자 기록이 남지 않는 중고 핸드폰을 여러 개

사두었다. 마지막 카드를 써먹을 작정이다. 최후의 일격을 날려야지! 언젠가부터 나는 람라와 연락하고 지내는 남자가 있을지도 모른다는 생각을 알하드지의 머릿속에 심어두기 시작했다. 나와 결탁한 공모자들도 그런 암시를 흘렸고, 어느덧 알하드지는 둘째 아내를 의심하고 면밀히 감시하게 됐다. 그래서 나는 둘째 아내의 데판데가 끝날 때 행동을 개시하기로 마음먹었다.

자정이 되자, 새로운 중고폰으로 람라에게 전화를 건다. 람라가 전화를 받고, 난 아무 말도 안 한다. 누가 건 전화냐고 알하드지가 묻는 소리가 들린다. 람라의 왈란데를 망치는 데 성공한 데다, 알하드지가 꾸짖는 소리를 들으니 신이 난다. 그때부터는 람라의 데판데 때마다 계속 전화를 건다. 알하드지는 점점 더 넌덜머리를 낸다. 람라가 누군가의 모함이라고 외치자, 우린 모두들 빈정거리듯이 쳐다본다.

어느 날 저녁, 알하드지는 한계에 이르렀다. 애인이 있는 게 아니냐며 람라를 추궁하지만, 람라는 여느 때처럼 눈물을 흘리며 부인한다. 알하드지는 이미 오늘 시장에서 언짢은 일을 겪은 터라, 언제든 폭발할 태세다. 성을 내며 람라를 호되게 때리면서 당장 털어놓으라고 한다. 람라는 소리를 지르고 울면서 자기는 결백하다고 맹세한다. 알하드지는 분을 못 이겨 급기야 소파 밑에서 긴 칼을 꺼내어 람라의 목에 가져다 대고 협박을 한다.

"잘 들어, 헤픈 여자 같으니, 지금 당장 털어놓도록 해. 너한테 전화하는 남자는 대체 누구야? 지금 둘이서 날 놀리는 거지, 안 그래? 너랑 결혼하고 싶어 했던 그 어린 양아치 놈이지, 맞지? 사실대로 얘기하지 않으면 목을 칠 거야. 그리고 장담하건대 그래봐야 나는 감옥에 가진 않을 거야. 이 나라에서는 부자들이 무조건 옳으니까. 얼른 털어놔, 얼른!"

어린 아내는 두려움에 꼼짝 못한 채 웅얼거린다.

"정말이에요, 속이는 거 없어요. 코란에 대고 맹세해요."

알하드지는 온 집안사람들이 들을 만큼 거세게 소리를 지른다. 그러고는 숨을 고른다. 내 생각에 이번에는 내가 너무 나갔던 것 같다. 알하드지가 람라를 죽이면 결코 되살릴 수가 없을 테니까. 죄책감이 느껴져 내 집에서 쏜살같이 튀어나간다. 알하드지 집에 사는 심복인 하루나도 벌떡 일어나 안절부절못하며 베란다 앞을 맴돈다. 내가 나타나자 조금은 안도하는 것 같다.

"하드자, 우리가 막지 않으면 알하드지가 람라를 죽일 거예요!"

나는 노크도 하지 않고 뒷문으로 들어간다. 하루나도 뒤따라온다. 심장이 요란하게 쿵쾅거리고, 무서워서 몸이 떨린다. 겁에 질린 람라 목소리가 들리는 가운데, 알하드지의 칼에는 핏방울이 맺혀 있다.

"코란에 대고 맹세해요. 원하신다면 코란을 가져오세요. 손을 얹을게요."

"코란에 손을 얹고 맹세하겠다고? 좋아, 그렇게 하지 않으면 죽여 버릴 테다."

코란을 선반에 올려놓는 알하드지를 내가 가로막는다.

"알하드지, 그러면 안 돼!"

"이 일에 끼어들었다가는 당신도 같이 죽일 거야!"

알하드지가 성을 내며 나를 향해 칼날을 돌린다.

그렇게 나를 위협하고는, 다시금 람라를 바라보며 성서를 내민다.

"자, 맹세해봐!"

람라는 덜덜 떨며 코란에 한 손을 얹고 말한다.

"알라와 마호메트의 이름으로 맹세하나니, 저는 결코 당신을 속인 적이 없습니다."

눈이 충혈된 채 알하드지가 말을 얹는다.

"그것보다 더 해야지. 속인 적이 없다고만 할 게 아니라, 앞으로도 속이지 않겠다고 맹세해."

"앞으로도 절대 속이지 않는다고 맹세합니다…… 당신의 아내로 있는 한은요."

람라는 성서에 손을 얹은 채 마지막에 한 마디를 보탠다.

이곳에 들어서고부터 내내 말이 없던 하루나가 다가온다.

"알하드지, 둘째 아내가 맹세하였네요. 이제 풀어주시죠. 코란에 맹세했을 때는 더 따질 게 없으니까요. 알라께 맡겨두시죠. 설령 확실한 현장을 적발했다 하더라도, 이제는 더 이상 아무 말도 하실 수 없습니다. 얘기하는 대로 믿어야 합니다."

이를 부딪치며 덜덜 떠는 람라를 앞에 두니 동정심이 차올라 내가 말을 보탠다.

"그래, 알하드지, 오늘 밤에는 람라가 자기 집으로 돌아가도록 해 줘."

알하드지는 칼을 내려놓고 제일 가까이 있는 안락의자에 풀썩 앉는다. 하루나는 무기를 추슬러서 다시 케이스에 집어넣고 우리만 남겨둔 채 아무 말 없이 나간다. 그제야 람라의 옷 위로 배 나온 피가 눈에 들어온다. 나는 겁에 질려 소리를 지른다.

"람라, 다친 거예요? 피가 나잖아! 아, 신이시여, 람라, 피가 나잖아요!"

어떻게 대처하지도 못한 채, 람라의 발밑으로 벌써 피가 홍건히 고여 있다. 람라는 홍분한 채 계속 떨고 있다. 알하드지는 그런 람라를 차갑게 쳐다보면서 화를 내며 말한다.

"너 지금 카펫도 더럽히고 값비싼 의자도 망치고 있어. 바보 같으니! 뭐야? 생리라도 하는 거야? 당장 일어나서 나가!"

람라는 정신이 나간 듯이 헐떡인다.

"아니에요, 아니에요, 사피라!"

알하드지가 점점 더 신경질을 낸다.

"네가 거실을 더럽히고 있잖아! 하여간! 어떻게 이런 끔찍한 여자가 다 있나!"

알하드지가 한층 더 성을 내는 것을 지켜보며 내가 시간을 벌고자 말을 한다.

"괜찮아, 알하드지. 신경 쓰지 마. 다 치울게. 람라, 일어나요!"

나는 별 힘 들이지 않고 람라를 일으킨다.

병원에서 하룻밤을 보냈다. 이튿날 람라의 어머니가 돌보러 오기 전까지는 내가 밤새 람라를 간호했다. 람라는 온갖 감정과 두려움이 몰아닥쳐서 악몽을 꾸는 모양이었다. 이른 아침 무렵이 되자, 람라를 무너뜨렸던 고통은 조금은 잠잠해졌고, 간신히 침대에 앉을 수 있게 되었다. 죄책감이 나를 좀먹는 바람에 나는 잠을 자지 못했다. 나는 임신을 한 상태였고, 람라도 임신한 줄은 짐작도 못 하고 있었는데 나 때문에 아이를 막 잃었다고 했다. 엄청난 죄책감이 들었다.

내가 너무 멀리 나갔다. 람라가 간신히 들릴 만한 목소리로 물을 부탁했고, 나는 재깍 물을 가져다주었다. 부유층만 사용하는 이 병동에는 겉보기에는 그럴싸한 고요함이 감돌았다. 난 서글픈 목소리로 람라에게 한탄했다.

"아이를 잃었다니 미안해요. 걱정 말아요, 곧 새로 생길 거예요."

"제가 아이를 바란다고 누가 그러던가요? 이 상황에서까지 굳이 연기할 필요 없어요, 사피라! 여긴 우리뿐이에요. 지금만큼은 우리끼리 조금은 솔직해져도 되겠죠. 오늘 밤에 절 도와주신 건 고맙지만, 당신이 저를 싫어하신다는 건 알고 있어요. 제게 해를 입히려고 수많은 일을 했단 것도 알아요. 갖은 음모를 꾸민 것도 알고 있어요. 왜 그런 거죠? 전 당신한테 아무것도 한 적이 없는데. 당신을 존중하고 친구가 되려고 노력했어요. 그런데 왜 그랬던 거죠?"

"내가 싫어하는 건 당신이 아니에요, 람라! 내가 미워하는 건 내 남편의 아내라고요. 나는 단지 일부다처제가……."

나는 솔직하게 말했다.

"그렇지만 전 둘째 아내가 되고 싶어 한 적이 없다고요!"

"내 남편의 아내가 되기로 받아들인 이상, 내 적이 된다는 걸 받아들인 셈이죠."

"제가 당신 남편의 아내가 되고 싶어 했다고 도대체 누가 그러던가요?"

"무슨 소리예요? 당신에 관한 얘기가 정말 많이 들렸는걸. 심지어 당신이 내 자리를 빼앗으려는 궁리를 한다는 소리도 있었다고요. 남편을 오랫동안 꼬드겨서 줄곧 일부일처제를 고수하던 그에게 새로 아내를 들이도록 설득하는 데 성공했다며 흡족해했다는 얘기도

들었어요!"

"사람들이 많은 소리들을 했군요. 진실만 쏙 빼놓고 말이죠! 사실과는 한참 먼 얘기들이에요……."

"어째서죠?"

"이걸 얘기하면 당신이 저를 해코지하는 데 써먹을지도 모르지만, 그런 위험을 감수하고라도 비밀을 털어놓겠어요. 저는 알하드지와 결혼하고 싶지 않았어요."

"알하드지 같은 남자를 거부하다니요?"

"저는 약혼자와 결혼하고 싶었어요. 그 사람은 처음으로 제가 결혼을 허락했던 사람이고, 또 제가 좋아했던 사람이죠. 우린 꿈이 있었어요. 미래를 계획하고 있었거든요."

"연인이 있었어요?"

"그렇다니까요! 당신과 마찬가지로, 저도 결혼식 날에 가슴이 무너졌어요. 당신과 마찬가지로, 저도 그저 희생양일 뿐이에요. 알하드지에게 저는 그저 잠시 변덕을 부리는 상대일 뿐이에요. 자기 것으로 삼기로 결정했다고 알린 게 고작이었고, 제가 어떻게 생각하는지는 중요하지 않았죠. 부모님도 제 감정 같은 건 고려하지 않았고, 제 비참한 심정을 이해하지 못했어요. 전 당신의 적이 되겠다고 결정한 적도, 당신의 남편을 빼앗겠다고 마음먹은 적도 없어요."

"몰랐어요. 미안해요. 그렇지만 당신은 아직 어리잖아요, 그리고……."

"전 이제 어리지 않아요. 젊음을 빼앗겼으니까요. 순수함을 빼앗겼으니까요."

"그건 나도 마찬가지죠."

무거운 침묵이 내려앉으며, 저마다 각자의 한스러운 마음을 곱씹는다. 처음으로 둘째 아내가 마음을 열어보였고, 그렇게 나는 진심으로 상처 입은 어린 여자를 만난 것이다. 내가 적막을 깼다.

"내가 착각했어, 람라. 용서해줘요!"

"별일 아니에요."

"이 얘기는 아무한테도, 특히 알하드지한테 얘기하지 않겠다고 맹세할게."

"이젠 상관없어요. 무엇보다 여기에 있고 싶은 마음이 전혀 없으니까요."

"그렇게 말하지 말아요. 알하드지는 당신 생각처럼 나쁜 사람 아니야. 다루는 법만 익히면 돼요."

"굳이 왜요? 알하드지가 나쁜 사람이 아니라고요? 당신한테야 그럴 수 있겠죠. 당신은 그 사람을 좋아하니까요. 당신은 아이들도 있고, 알하드지를 감당할 수도 있겠죠……."

람라의 어머니와 고모가 떠들썩하게 들어서는 바람에 대화가 끊긴다. 두 사람이 무슨 일이 있었던 거냐고 묻자, 람라는 계단에서 넘어져서 아이도 잃었다고 대답한다. 내게 눈짓을 보내며 더는 얘기하지 못하도록 막는다. 난 고개를 끄덕이며 그렇다고 확인해주고, 도와주어서 고맙다는 람라 어머니의 살가운 감사 인사를 묵묵히 받아들인다.

람라가 병원에 머무는 동안 알하드지는 한 번도 찾아오지 않았다. 람라가 집으로 돌아오자 완전히 모른 체했다. 회복하는 데 필요한 40일이 지나는 동안, 알하드지는 람라의 집에 들어서지 않았다. 이 기간에 나는 남편을 더 이상 공유할 필요가 없었다. 마치 남편과 람라의 결혼생활은 괄호에 묶여 있는 것 같았다. 그렇지만 람라는 여전히 이 집에 있다. 회복하고 나면 다시 람라의 데판데가 시작될 거다. 람라의 백부인 하야투는 알하드지에게 조금 더 참으라고 부탁했고, 자신의 조카딸에게는 더 품위를 챙기라고 요구했다. 그러고는 이런 모든 일이 더는 되풀이되어서는 안 된다는 서약을 작성했다.

VII

"떠났어요!"

"뭐라고?"

하녀가 신이 나서 말을 이어간다.

"지난밤에 말이죠, 둘째 아내가 야간 경비를 속이고 나간 것 같아요."

지금은 아침을 먹는 중이다. 어제는 내 데판데였고, 거의 밤을 새다시피 했다. 내 강박이 끝났다는 걸 알리는 이 소식을 믿을 수가 없어 깜짝 놀란 채로 젊은 하녀를 바라본다. 심장이 요동친다.

젊은 여자아이가 마저 얘기한다.

"밤중에 도망갔어요. 물건은 전부 그대로 두고요. 알하드지에게 편지도 한 통 남겼다고 하던데요."

"지금 얘기한 거 확실해? 누구한테 들은 거야?"

"정말로 떠났어요, 하드자. 알하드지는 화가 잔뜩 났고요! 야간 경비원 두 사람을 내쫓았어요. 그중 한 사람이 제 사촌이거든요."

내가 그토록 바라던 대로 람라가 떠났다. 그런데 왜 가슴이 찌르는 듯이 아플까? 왜 갑자기 울고 싶어질까? 왜 이렇게 가까운 사람을 떠나보낸 것 같은 기분이 들까? 람라를 내보내려고 온갖 짓을 했는데 말이다. 람라가 작정하고 떠난 지금, 환멸과 침울함이 나를 집어삼킨다. 하녀에게 대꾸도 하지 않는다. 식사도 내던지고 람라의 집으로 향한다. 둘째 아내가 없다는 것을 직접 확인해야겠어. 람라의 집은 전부 그대로다. 거실은 여전히 깔끔하다. 아무것도 가져가지 않았고, 가구 하나 건들지 않았다. 드레스룸에 있던 옷 몇 벌만 사라졌다. 모두 제대로 정리되어 있다. 향수병, 람라가 즐겨 읽던 여성 잡지, 람라의 CD, 전부 그대로 있다. 람라의 컴퓨터만 빼고. 언제부터 이런 결심을 한 걸까? 어디로 떠난 거지?

어제저녁, 람라가 나를 찾아와 한참 동안 시간을 보낸 것이 떠오른다. 람라의 행동거지에는 전혀 이상할 것이 없었다. 람라가 결심을 내렸다고 의심할 만한 어떤 것도 없었다. 람라가 사고를 당하고 병원에서 둘이 속내를 털어놓은 뒤로, 우리 사이에는 우정이 싹터 있었다.

알하드지는 자기 집 거실에 혼자 앉아 차를 홀짝이며 리모컨을 만지작거리며 채널을 이리저리로 돌린다. 내가 들어서자 겨우 얼굴을 든다. 나는 최대한 멀리 떨어진 곳에 앉아 기다린다. 알하드지는 차가운 얼굴로 계속 나를 모른 체한다.

결국 내가 침묵을 깬다.

"람라가 떠난 것 같네."

"알고 있어."

"어디로 간 거지?"

"지옥이었으면 좋겠군!"

알하드지는 화면에 눈을 고정한 채 냉담하게 답한다.

"어쩌면 단순히 삐진 걸지도 몰라. 분명 부모 집으로 돌아갔거나 친구 집에 머무르고 있을걸. 둘이 아직 냉전 중이었던 거야?"

부디 그런 것이기를, 모두 원래대로 돌아오기를 열렬히 바라본다. 마침내 알하드지가 시선을 내게 향하고는 엄하게 묻는다.

"뭣 때문에 참견하는 거야, 사피라? 제일 즐거운 사람은 너일 텐데, 안 그래? 둘째 아내가 떠났잖아. 넌 다시 혼자가 됐고. 그러니까 이런 식으로 귀찮게 굴지 좀 마!"

"난 람라가 떠나지 않았으면 좋겠어. 람라를 용서해줘, 알하드지! 아직 어리고 미숙하다는 걸 이해해줘. 람라를 찾아야 해. 분명 그리 멀리 가지 않았을 거야!"

"네 아내도 아니잖아! 람라는 내 아내야. 그게 아니라는 증거가 나오기 전까지는 말이지. 람라가 다시 돌아올 거라 생각한다면, 넌 나를 잘 모르는 거야. 내 집을 떠난 이상, 여기에 다시 발을 들일 기회는 없어. 그렇지만 너무 기뻐하지는 마. 다른 아내가 금방 대신할 테니까."

알하드지는 상처를 주려고 매몰차게 한 마디를 덧붙인다.

나는 마지막 말은 무시한 채 람라를 생각한다. 내가 그렇게나 괴롭혔던 람라를. 람라가 없다는 사실이 벌써 나를 짓누른다.

"마지막 기회를 줘. 상냥한 여자잖아."

"주제넘게 굴지 마. 넌 그저 아내일 뿐이야. 둘째 아내를 옹호하는 건 네 역할이 아니라고. 네 자리까지 덩달아 잃고 싶지 않으면, 가만히 있어!"

"난 람라를 좋아해."

"좋아하는 건 내 몫이지, 네 몫이 아니야. 그렇게 말하는 걸 보니 람라가 일말의 가치도 없다는 게 확실하구만. 람라가 더 높은 위치에 있었다면 다른 아내가 좋아할 리 없으니까."

더 이상 내게는 눈길을 주지 않은 채 알하드지는 핸드폰을 집어 들고 비서에게 연락해 단호하게 명령을 내린다.

"바치루, 사무실이야? 곧 갈게. 메모 좀 해둬. 알하드지 부바카리의 딸인 내 둘째 아내 람라를 내쫓는다는 편지를 당장 준비해. 람라 아버지에게 편지를 보내. 제 발로 떠난 딸에게 자유를 주겠다고 전해. 내쫓는다고 말이야. 유감이라고 전하되, 이게 운명이자 전지전능하신 알라의 뜻이라고 알려줘. 내가 존경하는 마음과 우리의 우정은 여전하다고 확인해주고. 내게 딸을 주어서 고맙다고 해. 오늘 저녁에 곧바로 사람을 보내서 람라의 집을 비우라고 해줘. 당장 이렇게 편지를 준비해. 내가 가서 사인할 테니까, 두 번째 증인인 바카리랑 같이 편지를 전해주고 와."

알하드지가 내쫓는다는 편지 내용을 읊는 동안 내 눈에는 눈물이 차오른다. 알하드지는 나를 쳐다보지도 않고 운전기사를 불러 무심한 발걸음으로 떠난다.

람라는 동이 트기 전에 떠났다. 위험한 밤을 무릅쓰고 허허벌판으로 자취를 감췄다. 그 뒤로 몇 주 동안 람라가 도망간 것을 두고 여러 소문이 따라붙었다. 얼마 전부터 람라의 옛 약혼자와 함께 수도에서 일하고 있던 오빠 아마두와 인터넷을 통해 몇 달간 긴밀하게 연락을 주고받은 것 같았다. 몰래 원격 수업도 들은 모양이었다. 람라는 금으로 만든 장신구를 가져갔고, 지금은 야운데의 오빠 집에 있다고 했다.

새로운 소문이 들려올 때마다 알하드지는 다시 역정을 냈다. 그렇지만 그렇게나 못된 아내를 내친 것을 기뻐하기도 했다. 나는 여전히 슬픔과 죄책감에 싸여 있었다. 그런 한편으로 마침내 되찾은 행복을 만끽했다. 나는 패배했고 또 승리했다. 적어도 이 싸움에서는. 이 싸움을 치르며 자신감을 되찾고 앞날을 향한 희망을 품게 되었다. 일부다처제를 경험해보았으며, 고개를 당당히 들고 일부다처제를 빠져나왔다. 남편이 다시 결혼한다 해도 이젠 두려울 게 없다. 몇 년 전부터 나를 그토록 괴롭히던 것이 이제는 그저 평범한 일이 되어버렸다. 내 부부 생활에서, 짧디짧은 인생에서 그저 한 편의 에피소드에 불과하다. 분명 똑같은 시나리오가 끝없이 반복될 것이다. 남편은 또 결혼을 하고, 처음에는 나를 무시할 거다. 나는 그저 꾹 참고 견디면서, 허니문이 끝나기를 기다리는 수밖에 없을 거다. 변화가 주는 매력이 가시고 나면, 남편은 새로운 아내에게 흥미를 완전히 잃게 될 거다. 그렇게 되도록 내가 무슨 짓이든 할 테니까. 그러면 남편은 결국 내게로 돌아올 거다. 적어도 다음 결혼 전까지는 말이다. 난 단지 사랑 때문에 남아 있는 것이 아니라, 아이들을 보호하고 부족한 것 없이 생활하고자 남아 있는 것이다. 내 자리를 맹렬하게 지킬 만한 이유는 이만하면 충분했다.

알하드지는 람라의 집을 새로 칠했다. 알하드지는 일꾼들 옆에서 함께 열을 올리면서 온갖 명령을 내리고, 마음에 안 드는 게 있으면 다시 하도록 시킨다. 얼굴에는 벌써 흡족한 표정이 가득하다. 알하드지가 나를 보고도 무심하게 구는 것이, 잠깐이라도 통화할 때면 온 정성을 다하는 것이, 내가 보이면 경계하는 것이, 점점 더 상처를 주는 말을 하는 것이 무슨 의미인지 안다. 알하드지의 새로운 활기가, 결심이 눈에 훤히 띈다. 알하드지는 다시 결혼할 채비를 하고 있고, 지난번과 마찬가지로 소문이 내 귀에 들어올 거다. 그 소문을 통해서 나는 결혼식 날짜며 약혼자의 이름, 그 가족, 사회적 지위를 알게 될 거다. 그렇지만 처음과는 달리 난 차분함을 유지한다. 그래, 새로운 아내가 오기야 하겠지만, 과연 얼마나 머무를 수 있을까? 새로운 아내가 얼마나 버틸 수 있을까? 이제 나는 나 자신과 나의 위치에 확신을 품고 있다. 어느 누구도 이걸 앗아가도록 두지 않을 거다. 평온함을 유지할 거다. 어떤 아내가 들어오건 간에, 난 맞서 싸울 거다. 새로운 아내가 어떤 무기를 내걸든 간에, 난 이번에도 싸움에서 이길 거다. 람라가 떠나고 찾아왔던 죄책감은 오래 가지 않았다. 알하드지가 떠맡게 된 일부다처제의 상황을 그토록 흡족해하던 사람들에게 맞서 복수를 했다는 기쁨이 죄책감을 대신했다. 알하드지가 람라와 결혼한 게 내 체면을 구겼다 한들, 다른 모든 결혼은 그저 앞선 결혼의 그림자에 불과하다.

어떤 일이 벌어지건 간에, 나는 다다사레다. 그 누구도 절대 나를 대신할 수 없을 것이다. 오늘 저녁, 나는 신부처럼 치장한다. 헤나 타투도 다시 하면서, 제일 특이한 아라베스크 문양을 넣어달라고 했다. 금으로 만든 장신구를 걸치고 고급 비단으로 만든 옷을 입었다. 축제 같은 하루를 보냈다. 친구들과는 웃고 떠들고, 시누이와 어머니와는 서로 눈짓으로 내통하며, 남동생과 할리마는 벌써 내가 제일 마음에 들어 하는 원로에게 보내두었다. 드레스룸에서 제일 높은 선반에는 약초와 가데, 사랑의 묘약이 은밀히 자리 잡고 있다. 지난번 신부보다 더 뻔뻔하게 굴면서 벌써부터 내게 무례한 시선을 던지는 새 신부를 앞에 둔 채, 내 뜻에 따라 집안 여자들이 조언을 되풀이한다. 나는 미소를 지으며 또 한 번 듣는다.

"둘째 아내는 자네의 여동생이고, 막냇동생이자, 딸이야. 둘째 아내를 가르치고 둘째 아내에게 조언해주는 게 자네 몫이야. 자네가 바로 다다-사레고, 이 집안의 주인이니까. 사피라! 자네는 다다-사레고 지데레-사레야. 그리고 잊어선 안 돼. 인내하고, 참아야 해!"

옮긴이_ 장한라

서울대학교에서 인류학과 불어불문학을 전공했으며, 서울대학교 인문학연구원에서 그리스·로마 고전을 읽고 비평했다. 교보문고 보라(VORA) 에디터로 활동했다. 국제학술대회 통역과 사회과학 분야 논문 번역을 맡으며, 서울대학교 교수 및 명예교수의 영어 코치를 담당하고 있다.

옮긴 책으로《파리지엔의 자존감 수업》《버진다움을 찾아서》《살인번호: 55》《내 글이 구린 건 맞춤법 때문이 아니다》《라스트 플라이트》등이 있으며, 저서로는《게을러도 괜찮아》(공저)가 있다. 얼마 전부터 '한라봉' 캐릭터를 주인공으로 한 카툰을 인스타그램에 연재하고 있다.

참지 않는 여자들

초판 1쇄 발행일 2023년 2월 27일 | 지은이 자일리 아마두 아말 | 옮긴이 장한라
펴낸이 김현관 | 펴낸곳 율리시즈 | 책임편집 김미성 | 표지디자인 북디자인 경놈 | 본문디자인 진혜리
종이 세종페이퍼 | 인쇄 및 제본 올인피앤비
주소 서울시 양천구 목동중앙서로7길 16-12 102호 | 전화 (02) 2655-0166/0167
팩스 (02) 6499-0230 | E-mail ulyssesbook@naver.com | ISBN 979-11-978949-7-8 03860
등록 2010년 8월 23일 제2010-000046호 | ⓒ 2023 율리시즈

책값은 뒤표지에 있습니다.